あいり（上）、じゅり（下）姉妹。
東日本大震災で、姉は妹の前から
いなくなってしまいました。
でも、ふたりにそっくりな人形は、
今も一緒にいます。

「お姉ちゃんと、せかいりょこうがしたいです」
——妹はサンタクロースに手紙を書きました。
その願いがかない、姉妹人形は出発します。

イタリアへ向かう機内では偶然、本《ほん》田《だ》圭佑《けいすけ》選手と長友《ながとも》佑《ゆう》都《と》選手に出会いました／本文第３章参照

姉妹人形の旅は無事に終わりました。
寒い寒いフィンランドでは、オーロラとサンタさんが
ふたりを迎えてくれました。　（上2点撮影／丹葉暁弥）

ふたりのせかいりょこう

この本は――

「サンタさんからだ！」

二〇一六年のクリスマス。宮城県石巻《いしのまき》市に住む小学三年生の佐藤珠莉《さとうじゆり》ちゃんは、枕元の包みに目を輝かせた。

大きな赤いリボンがかけられたギフトボックスを急いで開けると、中に入っていたのは一冊のフォトブック。そこには、かわいらしい二体の人形が、ハワイやニューヨーク、ベネチア、シドニー、シンガポール……世界各地を旅する様子を写した記念写真がアルバムのようにレイアウトされていた。

人形はどちらも女の子で、名前は「あいり」と「じゅり」。

「あいり」とは、珠莉ちゃんより三つ年上の姉、愛梨《あいり》ちゃんのこと。愛梨ちゃんは二〇一一年三月一一日の東日本大震災で、乗っていた幼稚園のバスが津波と火災に巻き込まれ、幼い命を落とした。このとき珠莉ちゃんは、まだ三歳だった。

なぜお姉ちゃんは帰ってこないのだろう。

早くお姉ちゃんに会いたいなあ。

珠莉ちゃんは大好きな姉のことを、ずっと思いつづけて育った。

そしてフォトブックが届く日の一年前、八歳になっていた珠莉ちゃんはサンタクロースに手紙を書く。

《わたしとあいりお姉ちゃんの人形をせかいじゅうにいっしょにりょこうさせてほしいです。》

いつか二人で海外旅行がしたかった。二人の代わりに、「あいり」と「じゅり」の人形を旅させてほしい。

それから一年――人形は二〇の国と地域を回り、帰ってきた。大震災から六年目、その願いは、かなえられたのだった。

愛梨ちゃんと珠莉ちゃんの母が、感謝と祈りを込めて六年の歳月を振り返る。

（編集部）

この本は―― 2

1 手紙

2

時は止まり、時は流れる

3

ふたりのせかいりょこう

4

人の思い

ブックデザイン／ヤマシタツトム

1

手紙

お姉ちゃんと私に似た人形が欲しい

「ママ、これ、お姉ちゃんにもやってもらえないかな？」

二〇一四年八月末のことでした。私と二人でテレビを見ていた珠莉が、おもむろに問いかけるのです。

それは「24時間テレビ　愛は地球を救う」で放送された番組です。肺の難病を患《わずら》って飛行機に乗れない少女の代わりに、そっくりな人形を旅行者に託し、海外で撮影した写真をその少女に届けるというものでした。関《かん》ジャニ∞《エイト》の安田章大《やすだしょうた》さんがパーソナリティで、少女に会って話を聞き、人形をデザインしたり、旅行者の方々に人形を渡して写真や動画の撮影を依頼したりなさっていたと記憶しています。

珠莉は食い入るように一所懸命、真剣にその番組を見ていました。そして見終わったと同時に、「お姉ちゃんにもやってもらえないかな」と言ったのです。「私に」ではなく、「お姉ちゃんに」と。

姉の愛梨が自分の前からいなくなって三年半が過ぎ、珠莉は愛梨の年齢を超え、小学校に上がっていました。追ってお話ししますが、珠莉が姉を思う気持ちの強さは、親の私も驚くほどです。

番組のように人形をつくり、海外旅行させてほしい。そう言われた私は諭《さと》すように答えました。

「こうやってもらえたら素敵だよね。でも、これはテレビ局の人たちがしてあげたことだから、同じことをするのはちょっと難しいと思うよ」

珠莉は「えー、そうなの」という不満そうな顔をしていましたが、納得したようです。その後、番組の話を持ち出すことはありませんでした。

ところが、しばらく経《た》ったその年の冬、珠莉はサンタクロースに宛《あ》てて「お姉ちゃんと私に似た人形が欲しいです」という内容の手紙を書いたのです。

これには、教育方針と言うと大袈裟《おおげさ》かもしれませんが、親なりの〝大人の事情〟があります。クリスマス時期には人気商品がすぐ売り切れてしまいますから、毎年のクリスマスプレゼントに子どもが何を欲しがっているのかを知るため、わが家では一二月の早い時期に手紙を書かせているのです。

「サンタさんに手紙を書かないと、プレゼントはもらえないんだよ」と。

珠莉は当然、その手紙はサンタクロースが読んでくれるものと信じています。もちろん私が読むのですが。

姉妹人形が完成

珠莉の手紙には「お姉ちゃんと私とサンタさんの人形が欲しい」とありました。私は正直なところ、ちょっと悩みました。人形製作となると自分の手に余りますし、お店で売っているものでもありません。

人形って……どうしよう。これは参《まい》ったな。そう思いながら、クリスマスは近づい

姉妹に似せてつくられた編みぐるみの人形。
少し微笑んでいるような右が姉（AIRI）、左が妹（JURI）

てきます。

そんなある日、私は「こころスマイルプロジェクト」の代表理事の方にお目にかかりました。「こころスマイルプロジェクト」は、家族を失うなど震災で心に傷を受けた子どもたちを支援しようと、石巻市内に設立された一般社団法人です。アートセラピーやイベント、サマーキャンプといった活動を通じ、子どものケアに取り組んでいらっしゃいます。二〇一五年には「こころスマイルハウス」という親子が集まれる居場所のような施設もオープンしました。

珠莉も被災した子どもの一人として、「こころスマイルプロジェクト」のお世話になっており、私は代表理事の方と旧知の間柄でした。そこで、何とはなしに人形のことをご相談してみたのです。

「娘がサンタクロースに手紙を書き、人形を欲しがっているのでちょっと悩んでいます。そんな人形をつくれるようなところはないでしょうか……」

すると代表理事の方が手を尽《つ》くしてくださり、「編《あ》みぐるみでよければ、ボランティアの方ができるということです。その方に相談してみてもいいですか」というお返事を後日、いただいたのです。

私に異存はありません。是非に、とお願いしたところ、ボランティアの方は快《こころよ》くお引き受けくださいました。そして「愛梨ちゃんと珠莉ちゃんの写真を見せてください」とおっしゃるので、メール添付でお送りしました。

愛梨と珠莉とサンタさん、三体の編みぐるみが自宅に届いたのは、それからほどなくのことです。クリスマスまでには、まだ余裕があったと思います。

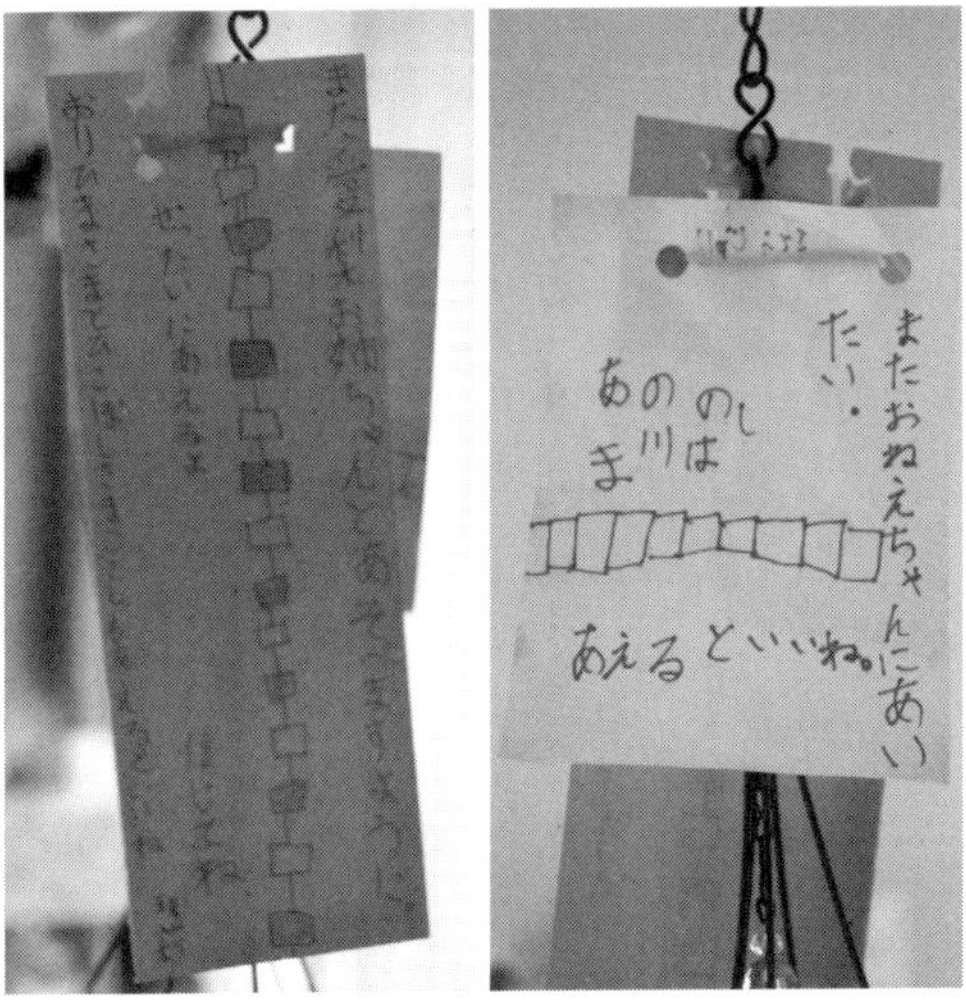

「またおねえちゃんにあいたい」「ぜったいにあえるよ」――毎年、七夕の短冊にお願いごとを書いた

ラッピングした人形を珠莉に見つからないように保管し、一二月二四日の夜、そっと枕元に置きました。

翌朝、人形を見た珠莉が大喜びしたのは言うまでもありません。

「やったー、サンタさんが来てくれたんだ」

おもちゃは、いらない

思えば愛梨が亡くなって以来、珠莉が人形のような〝モノ〟をプレゼントにねだったのは、このときが初めてだったかもしれません。

震災のときに三歳だった珠莉は、四歳、五歳、六歳、七歳……と年齢を重ねてきましたが、サンタクロースへの手紙で、女の子が欲しがるようなおもちゃを望んだことはなかったと思います。

愛梨と一緒に「リカちゃんハウス」で遊び、はしゃいでいた珠莉が、愛梨と会えなくなってからは「おもちゃはいらない。愛梨が帰ってきてくれることが願いだから」と言って、クリスマスの手紙でも七夕《たなばた》の短冊でも、「お姉ちゃんが帰ってきますように」というお願いごとを、ずっと書くようになりました。

けれど、いくら書いても愛梨は帰ってきません。願いがかなわないので、次第に珠莉の中でも何となく「無理なのかな」という気持ちが芽生《めば》えてきたようです。それでも、いまだに「お姉ちゃんに会いたい」と書くのです。たとえば七夕でしたら、このように――。

《またおねえちゃんにあいたい。あえるといいね。》（二〇一五年）
《また愛梨お姉ちゃんとあそべますように。ぜったいにあえるよ。信じてね。》（二〇一六年）

わたしのゆめをかなえてください

編みぐるみの人形をいただいたクリスマスを終え、年が明けて、また次のクリスマス時期を迎えます。
今年は、珠莉はどんなお願いをするのかな。そう思っていたら、予想外のリクエストに驚かされました。珠莉の「サンタさんへの手紙」には、前の年にいただいた人形のことが書かれていたのです。

《サンタさんへ

きょ年プレゼントしてくれたわたしとあいりお姉ちゃんの人形をせかいじゅうにいっしょにりょこうさせてほしいです。

あいり姉ちゃんとたくさんりょこうしたかったので、わたしのゆめをかなえてください。

たびをしたときの人形のしゃしんをいっぱいとってきて、きねんにほしいです。

わたしのゆめをかなえてください。

おねがいします。

サンタさんおねがいします。　さとうじゅりより》

人形に世界旅行をさせてほしいと書くからには、「24時間テレビ」で見た内容を覚えていたということにほかなりません。「お姉ちゃんにやってもらえないかな」と言った番組です。珠莉は一年半近く、その記憶をずっと温《あたた》め、育てていたのでしょう。人形が届いたことによって、「ひょっとしたら、番組の難病の少女のように、人形が代わりに海外へ旅行してくれるかも」と考えたのかどうか、珠莉の真意は窺《うかが》い知れませんが、「24時間テレビ」が頭にあったことは確実です。

サンタクロースへの手紙に《人形をせかいじゅうにいっしょにりょこうさせてほしいです》とある以上、プレゼントを用意する私としては、何らかの対応をしなければなりません。さてさてどうしましょう。「人形が欲しい」の手紙以来、一年ぶりの悩みが生まれました。

とはいえ、さすがに人形の世界旅行は現実問題として無理です。私は珠莉の手紙を読んだことを丁寧《ていねい》に説明したうえで、こう聞きました。

「珠莉、これさ、いくらサンタさんでもどうなのかな。その代わり珠莉とママとパパとで、お人形さんを海外旅行に連れて行くから。それじゃダメなの?」

すると、珠莉は「それでは意味がない」と答えたのです。

「私はママに言っているんじゃない。サンタさんにお願いしてるの。お人形さん二人で行かせたいの。ママが連れて行くのでは意味がない」

しきりにそう言うものですから、私も「ああそうか、そうだよね。ママに言っているんじゃないものね」と引き下がったのですが、「もうどうしましょう」という心境でした。

お姉ちゃんがいちばん好き

珠莉は「24時間テレビ」が放送した人形の世界旅行を、自分ではなく愛梨のためにやってもらえないか、と言っていました。それほど姉への思いが強い子です。家でも主人と私という両親を差し置いて、愛梨のことがいちばん大好きでした。パパ、ママよりもお姉ちゃんなのです。

珠莉にとって姉の愛梨は、何ごとにつけてもお手本でした。

愛梨が右に行けば右に、左に行けば左にくっついて行く。愛梨の一挙一動を真似《まね》しようとする。あまりに自分のやることなすことを珠莉が真似するので、愛梨は「もう

お姉ちゃんは、妹にとってすべてのお手本。
いつも姉を追いかけていた。姉はそんな妹を優しく包んだ

やめて。真似しないで」と、ちょっと珠莉に怒ったこともあります。それでも珠莉は、めげずについて行きます。

それほどお姉ちゃんのことが大好きで、愛梨が幼稚園から帰ってきたとたん、「あいり、あいり」と、それこそ金魚のフンのようについて回っていました。

愛梨は優しく、面倒見のいい子でした。その点、珠莉は下の子ですから、どちらかといえば甘えん坊さんです。

愛梨も妹に慕《した》われて、うれしかったのでしょう。珠莉を「珠莉ちゃん、珠莉ち

ゃん」と呼んで、一緒に遊んでいました。リカちゃん人形の着せ替えで、珠莉がうまくできないときなどは、愛梨が「珠莉ちゃん、どれ着せたいの」と聞いて、お話をしながら着せてあげていました。

珠莉のほうは、愛梨をそのまま「あいり」と呼び、「お姉ちゃん」とは言わなかったのですが、これはおそらく主人と私が「愛梨」と呼ぶからだと思います。でも成長するにつれて「愛梨お姉ちゃん」と呼ぶことが多くなりました。

海外なら、ハワイだね

世界旅行ということで思い出すのは、主人の長期休暇を利用して家族で旅行をしようと、貯金を積み立ててきたことです。

主人の文貴《ふみたか》は二〇一五年が会社の勤続二〇年にあたり、リフレッシュ休暇をいただけることになっていました。それに合わせて「みんなで海外旅行に行こうね」と、少額ですが毎月、積み立てを始めていたのです。私は愛梨と二人で郵便局に通帳をつくりに行きました。

愛梨は主人の考えで三歳から英語を習わせていましたので、英語圏の国へ行けば少しでも刺激になるでしょうし、愛梨も「私が通訳する」と張り切っていたのを覚えています。

珠莉も、もちろん家族旅行の計画に大喜びです。愛梨と二人で「ハワイに行きたいね」などと、はしゃいでいました。

なぜハワイなのか、思い当たるのは愛梨が好きだった『うちの3姉妹』というアニメです。インターネット回線の「ひかりTV」で視聴するのですが、そのアニメでハワイへ行く回がありました。

ハワイに行った三姉妹は、潜水艦に乗ったり、ショッピングセンターでテディベアのぬいぐるみを選んで似合う洋服を購入したりします。そういう楽しそうな様子を二人で見ていて、愛梨も珠莉も「ハワイに行けたらいいね。行ったら、私はこれをしたい、あれをしたい」と言っていたのです。

このとき珠莉は三歳にも満たないころでしたから、ハワイ旅行を鮮明なイメージとして描くことはできなかったと思います。ただ、もしかしたら『うちの3姉妹』の三姉妹がハワイで楽しく遊んでいたこと、愛梨と「ハワイ、ハワイ」と話したことが旅行の疑似《ぎじ》体験のようになっていたのかもしれません。

それが、サンタクロースへ宛てた「人形の世界旅行」のお願いにつながったと想像するのは、親の思い過ごしでしょうか。

世間話のつもりが新聞の記事に

さて人形の世界旅行です。どうしましょう……。ほとんど途方《とほう》に暮れかけていたころ、自宅に「河北《かほく》新報」の記者さんとカメラマンさんがお見えになりました。地元紙の「河北新報」は、大震災の日から現在に至るまで、犠牲者の遺族や被災者の声を紙面に取り上げつづけています。私も、娘を亡くした母親として受けた取材をきっかけに、記者さんと面識を持ったのです。

その後、私は愛梨が通っていた日和《ひより》幼稚園での遺族説明会で発言したり、幼稚園を被告とする訴訟で原告の一人として記者会見に出席したりするなど、報道の方々と接する機会が多くなりました。このことについては、あらためてお話ししたいと思います。

そうした中で「河北新報」の記者さんやカメラマンさんとも顔なじみになり、お二人は取材のあるなしにかかわらず、定期的に自宅へ来られ、ときには珠莉と遊んでくださるようになったのです。

この日もカメラマンさんが外で珠莉と遊んでくださいました。その間、私は記者さんに「人形の世界旅行」のことを話したのです。それは、あくまでも日常的な雑談のつもりでした。

「実は珠莉がこんな手紙を書いたのですけれど、現実的に無理ですし、本当にどうしたらいいかと思って」

記者さんは愚痴《ぐち》めいた私の話を聞き、頷《うなず》かれました。

「ああ、そうですよね。難しいですね。でも、かなえてあげたいですね。そうだ、私の知り合いに海外に行く人がいますから、そういう人たちに頼んでみるのもいいかもしれません」

そうおっしゃって、帰り支度《じたく》を始められました。メモも取らずにいらしたので、普通の世間話で終わりです。


ところが「終わり」ではありませんでした。お二人が帰られたあと、しばらくして電話が鳴りました。記者さんからで、「社へ戻る道中、佐藤さんに聞いたことをカメラマンと話しているうちに、これはすごく素敵なお話だと二人とも思うようになった。だから記事にさせてもらえないだろうか」ということです。

人形に世界旅行をさせたい女の子がいるので、協力を呼びかける——そのような内容の記事が想像できます。

私は、記事になることで珠莉の願いが実現に近づくのならありがたいと思う一方、別の思いもよぎります。「親が連れて行けばいいのでは」と読者の方に受け取られはしないだろうか。また、仮に協力してくださる方がいらしても、私に直接の問い合わせがたくさん来たら困ってしまう……。

そんな否定的な気持ちを正直に伝えました。それでも、記者さんは「珠莉ちゃんのためにも書かせてほしい。問い合わせ先についてはどうにかします」とおっしゃいます。結局、「河北新報」に問い合わせが行くかたちを取っていただき、「震災で姉とお別れ　サンタに託した少女の願い」という記事が掲載されることになりました。二〇一五年一二月一九日のことです。

広がる協力の輪

記事をお読みになった方々から、問い合わせやご協力の申し出が「河北新報」へ届くようになりました。「河北新報」さんは「これこれこういう人から問い合わせが来ましたよ。佐藤さん、ご連絡してみてください」と仲介してくださいます。

そういう方々の中に、東京都在住でトラベルジャーナリストの岩佐史絵《いわさしえ》さんがいらっしゃいました。岩佐さんはお仕事柄、たびたび海外へ行かれます。しかも私がご連絡を差し上げたところ、その時点のご予定では近々、フィンランドへ向かわれるとのこと。フィンランドといえば、サンタクロースが住んでいるという「サンタクロース村」がある国です。

珠莉はサンタクロースに人形の世界旅行をお願いしたのですから、願ってもないお話でした。記事が出てから一カ月後、二〇一六年一月一九日に、岩佐さんは二体の人形を携《たずさ》えてフィンランドへ出発されました。

岩佐さんとのコンタクトと相前後して、私はNPO法人「ガーネットみやぎ」の代表を務められている小笠原直美《おがさわらなおみ》さんと出会いました。「ガーネットみやぎ」は宮城県の仙南《せんなん》地域を中心に、震災からの復興をサポートする活動をされています。

きっかけは、やはり「河北新報」の記事でした。小笠原さんのお友だちが記事をお読みになり、「河北新報」経由で私はその方にご連絡をしたのですが、小笠原さんは小笠原さんで記事を読まれ、私のことを探していらしたそうです。

小笠原さんがフェイスブックなどで「佐藤美香さんを知っている人はいませんか」と発信したメッセージを、そのお友だちが見つけて「佐藤さんと連絡を取ったよ」と返し、私には「人形の世界旅行を手伝いたいと言っている友人がいるのですが、どうでしょうか」と、とりなしてくださったおかげで、私は小笠原さんとつながることができたのです。

「ガーネットみやぎ」は、ご協力者を募《つの》るページをウェブサイトに立ち上げてくださいました。ウェブサイトには、このようにあります。


《あいり&じゅり姉妹の世界旅行記プロジェクトのご紹介
石巻市に住む佐藤あいりちゃん&じゅりちゃんは、仲の良い姉妹でした。

2011年3月、未曾有の被害をもたらした東日本大震災の津波とその後の火災によって、当時幼稚園に通う6歳だった姉あいりちゃんは、その小さな命を突然失うこととなってしまいました。

震災からまもなく5年を迎え、大好きだった姉のあいりちゃんがもう帰ってこないことにすっかり大きくなったじゅりちゃんは気付きました。仲良しだった姉妹での世界旅行を夢見て、人形を世界旅行に連れて行ってくださいという願いを手紙に書きサンタさんに想いを託しました。

母の美香さんは、じゅりちゃんの想いを実現するために動き出しました。全国に呼びかけ、2人の人形を旅行に連れて行って頂ける協力者を探すことになりました。人形と一緒に出かけ世界中観光地で写真を撮影し、プレゼントしようという企画です。当時3歳だったじゅりちゃんは、現在8歳になりました。2016年のクリスマスまでの間、多くの皆さんの協力によって人形が世界中を旅して撮影した写真を、最後にアルバムにまとめじゅりちゃんへプレゼントします。

ご支援のほどよろしくお願いいたします。》

こうして小笠原さんたち「ガーネットみやぎ」の皆さんは、人形の世界旅行を「プロジェクト」と位置づけ、全国にご協力を呼びかけてくださいました。しかもウェブサイトに問い合わせフォームを作成し、そこにご連絡いただいた協力者の方々との面談や、渡航先と日程の調整、人形の受け渡しなど、私にはとてもできないことを補《おぎな》ってくださるのです。

ただし、珠莉には秘密にしておかなければなりません。珠莉の願いは、あくまでもサンタクロースが人形を連れて行ってくれることです。ご協力者のおかげで人形がどこかの国へ行けたとしても、帰ってきた人形を珠莉が見つければ「サンタさんと一緒に旅行しているんじゃないの？」と疑問を持たれますから、自宅に置いておくわけにはいかないのです。それを小笠原さんたちが引き受け、人形は「ガーネットみやぎ」で預かっていただけますし、どんな方がどの国へ行かれるのかなど、管理の面でも安心です。

この取り組みは二〇一六年一月に東日本放送のニュース番組でも紹介され、ご協力の輪が広がっていきました。「ガーネットみやぎ」が事務局として動き出すことで、無理だと思っていた人形の世界旅行が現実味を帯《お》びてきたのです。

「あいり&じゅり」の姉妹人形は自宅から忽然《こつぜん》と姿を消し、旅立ちました。

2

時は止まり、時は流れる

命名の理由

愛梨は二〇〇四年五月三一日に、静岡で誕生しました。私は熊本の出身で、主人とも熊本で知り合い結婚したのですが、主人の転勤で静岡に越していたのです。

「愛梨」と名づけたのは私です。もちろん主人も「それ、いいね」と言ってくれたので命名しました。というのも、私の地元は梨《なし》の産地で、梨園を経営している親戚もいます。梨が身近にありました。

梨は手間隙《てまひま》をかけて育てられます。そして収穫のときに大きな実を結び、その実の甘さが食べる人を喜ばせます。そんな人になってほしい。また、誰からも愛され、誰にでも愛を与えられる人になってほしい。それが「愛」と「梨」を長女の名前に選んだ理由です。

珠莉のほうは、真珠の「珠」です。真っ白で丸いパールをイメージしました。梨の花も白いのです。姉の愛梨と同じ白ということと、珠《たま》のように人として丸く、大きく育ってほしい。そんな思いを込めて「珠莉」としました。誕生日は二〇〇七年七月八日です。

当初は、珠莉の「り」も、「梨」の字にしようと考えていました。ところが、主人が「梨の字は愛梨だけのものだから、『り』は変えよう」と。そこで「莉」を選んだ次第です。姉妹で名前の末尾が「り」に揃《そろ》いました。

珠莉を授《さず》かり、妹ができると知ったとき、愛梨はたいへん喜びました。じつは「じゅり」と決めたのは愛梨なのです。いくつか名前の候補があって、愛梨に「どれがいい？」と聞くと、「じゅりちゃんがいい！」。

愛梨は珠莉の誕生前から「じゅりちゃん、じゅりちゃん」と私のお腹をさすってくれて、生まれるのを楽しみにしていました。主人にはつけたい名前が別にあったのですが、すでに愛梨が「じゅりちゃん」と呼ぶものですから、そのまま珠莉に決まったというわけです。

愛梨のためにも、きょうだいをつくってあげたかったので、出産前に女の子だと分かり、私は姉妹でよかったと思いました。いろいろな人の話を聞くと、姉妹は洋服を交換したり、二人で買い物に出かけたり、それこそ旅行に行ったりしています。男の子の場合とは、ちょっと違います。

思春期になって、恋愛の悩みなど親に話せないことができたとしても、お姉ちゃんになら相談できるでしょうし、たとえお婆《ばあ》さんになっても女の子どうしなら、ずっと親友でいられそうです。

姉妹でよかった。

でも、珠莉の大好きなお姉ちゃんは、突然いなくなってしまいました。

その日――

二〇一一年三月一一日、金曜日。石巻はいつもと変わらない朝を迎えました。愛梨は送迎バスで幼稚園へ、主人は自転車で会社へ向かいます。

津波で壊滅的な被害を受けた石巻市沿岸部。
2011年3月13日撮影（時事通信フォト）

私たち家族がここ石巻市に移り住んだのは、結婚後、二度目となる主人の転勤によります。主人は製紙会社に勤めており、勤務地は沿岸部にあります。しかも石巻は主人の出身地です。実家のあった場所に自宅を建てて、家族四人で住むようになりました。

　私が珠莉と二人で自宅にいた午後二時四六分、怖《おそ》ろしい揺れを体感しました。家が倒壊して、私たちは下敷きになってしまう――瞬間的にそう思うほどの大きな揺れです。

　ようやく揺れが収まると、私は珠莉を

自宅の二階に上げました。

あとで分かったことですが、このとき私は食材や炊飯器《すいはん》も二階に運んだり、一階のロールカーテンをたくし上げたりしています。津波が来ることを、なぜか感じ取っていたようなのです。案じたとおり津波が押し寄せ、一階部分は浸水しました。ところが、たくし上げたカーテンは水に濡れていません。

もちろん大津波警報が発令されていましたし、自宅のすぐそばには旧北上《きたかみ》川の支流のような運河が流れていますので、危機感めいたものが働いたのでしょう。それにしても、人間の咄嗟《とっさ》の判断と行動って、不思議だなと思います。

押し寄せた津波で、玄関前の駐車場にあった自家用のワンボックスカーも流されました。近くの住宅に塞《せ》き止められるかたちになったのですが、そのうち「ビーッ」とクラクションが鳴りはじめます。たぶん水圧か、あるいは電気系統がショートしたのではないでしょうか。ずっと鳴りつづけ、ある段階で音が急に止《や》みました。

すでに夜になっていました。クラクションが聞こえなくなったので、車がダメになったことに気づきます。一方、真っ暗な空にはたくさんのヘリコプターが飛んでいます。二階のベランダからライトをかざして「助けて」とサインを送るのですが、ライトの明るさが足りなかったのか、それとも救助用のヘリコプターではなかったのか、接近してくれることはありませんでした。

安全な場所にいるはず

地震が発生し、まず心配したのは沿岸部にいる主人の安否《あんぴ》です。私は二〇〇四年に起きたスマトラ沖大地震の映像を思い出しました。あのような大津波に襲われたらどうしよう。海から四キロほど離れた内陸部の自宅でさえ水が来たのだから、沿岸部はどうなってしまうのだろう。

むしろあの日、私たち家族で、いちばん安全な場所にいたのは愛梨です。愛梨の通う日和幼稚園は市内の日和山という高台にあって、地震直後から市民の皆さんが津波を避けるために上へ、上へと逃げようとしていた場所だったからです。

大人の私でも、家の下敷きで死ぬのではないかと感じるほど怖ろしい地震でした。ましてや子どもなら、相当に怖《こわ》かったでしょう。でも幼稚園は高台にありますし、先生方が守ってくださると思っていました。


朝、私は愛梨の部屋の扉を開け、声をかけました。

「愛梨、朝だよ。幼稚園、行くの？　行かないの？」

「行く！」

そう言って、愛梨は布団からムクッと起きてきました。

このころ愛梨は体調がすぐれず、幼稚園を休みがちでした。年長さんで卒園式を間近に控えていましたから、休むと式の練習ができず、ほかの園児たちに遅れてしまいます。それではかわいそうです。三月一一日は、ようやく体調が戻り、幼稚園に行けるようになりはじめた週の金曜日でした。

愛梨ちゃんが通っていた日和幼稚園は小高い山の中腹にある。地震発生後ここにいれば、津波に襲われることはなかった

朝食を済ませ、幼稚園バスの送迎場所まで二人で手をつなぎ、歩きます。バスを待つ間、いつものように〝足踏みごっこ〟をしました。両手をつないだまま相手の足を踏み合う遊びです。

バスが来ました。バスといっても、一〇人乗りのワンボックスタイプの車を幼児用に改造した小さなものです。車の定員をカウントするとき、一二歳未満の子どもは大人の三分の二とされるそうで、運転手さんと添乗員さんで大人が二人ですが、残りの八人分を子供専用に改造すれば、一二人分の座席数が確保できます。

　日和幼稚園は、それより大型のバスも所有していました。

　大きいバスと小さいバスの二台で運行経路を分担します。大きいバスは一日二便、小さいバスは三便の決まりです。ただ帰りの便に関しては、園児の出欠状況であらかじめ乗車する人数が分かっている場合、バスの便数を減らすということが日常的に行なわれていました。効率を考えてのことなのか、ほかの理由があるのか、幼稚園側の事情は承知していません。

　小さいバスは、園児を送り届けて空《から》になった第一便が園に戻ると、次は第二便として沿岸部に住む園児たちを送ります。そして同じように第三便となって内陸部方面へ向かいます。愛梨はこの第三便に乗るはずでした。しかしあの日は欠席者が多く、第二便と第三便を合わせて一二人。ちょうど小さいバス一台分の人数です。二つの便を一つの便にして運行することは、朝の時点で決まっていたのです。

　そんなことになるとは思わず、お友だちを見つけて小さなバスに飛び乗った愛梨を、私は見送りました。

幼稚園が終われば、愛梨は同じバスで帰ってきます。いえ、「帰ってくるはず」でした。あの地震が起きるまでは。

激しい揺れが収まってすぐ、私は幼稚園バスの時刻表を確認しました。

帰りの発車は――一五時〇七分。

よかった。バスはまだ出ていない。すでに停電が発生していました。信号機が消え、道路も渋滞するでしょう。しかも津波の到来が予測される危険な状況です。絶対にバスの運行はないと思いました。

念のためバスの送迎場所へ行ってみましたが、やはりバスは現われません。何度か自宅と往復するうちに、愛梨と同じバスに乗った佐々木明日香《ささきあすか》ちゃんのお母さんが自宅に訪ねて来られました。私と同じように、心配で様子を見に出られたのです。

佐々木さんが「バスは帰ってきましたか」とおっしゃるので、私はこうお伝えしました。

「こういう危険な状況で、バスは出ません。子どもたちは幼稚園にいるはず。だから大丈夫ですよ」

しかし、バスは出てしまったのです。一二人の子どもを乗せ、高台の幼稚園から沿岸部へ向けて、下へ、下へと――。

迎えに行ってよ

バスの発車時刻を確認した私は、急いで幼稚園に電話をしました。しかし、何度かけてもつながりません。私のように問い合わせる保護者がたくさんいらして、回線が混んでいるのだろうと思い、いったん電話をやめました。

時間だけが過ぎていきます。

愛梨はどうしているだろう。先生方がいらっしゃるとしても、寒さで震えていないだろうか。怖くて泣いていないだろうか。

もちろん、主人のことも気がかりです。しかし何時ごろだったでしょうか、主人と電話がつながりました。無事を知ってホッと胸を撫《な》でおろします。ただ、愛梨の様子が分かりません。

主人の勤務先は日和幼稚園に近接しており、社宅や一部の駐車場は幼稚園の徒歩圏内にあります。実際、自宅が建つまで、私たち家族は社宅住まいをしていました。

愛梨は幼稚園にいるはずだ、と私は思っていましたから、電話の向こうの主人に言いました。

「愛梨は？　一緒じゃないの？　愛梨、迎えに行ってよ」

ところが主人は「う～ん」と言葉を濁《にご》すのです。

「う～ん、今ちょっと、愛梨は別の場所にいるみたいで……」

私は状況が呑《の》み込めません。

のちに主人が話してくれたのですが、夕方から夜にかけて幼稚園や避難所を捜《さが》し回っても、愛梨には会えずじまいでした。私と電話がつながったとき、私のほうも若《じゃっ》干《かん》パニック状態だったようで、「家に水が入ってきて怖い」などと言いつつ「愛梨は？　迎えに行ってよ。一緒じゃないの？」と、しきりに主人を問い詰めたそうです。

おそらく、一緒にいる珠莉は自分が守らなければならないという意識と、恐怖感が交錯《こうさく》していたのでしょう。それに加え、珠莉には私がついているから、愛梨を主人が守ってほしい。そんな心理状態で混乱気味だったのだと思います。そのため、主人は「とても『愛梨とは会えていない』と言えなかった」ということです。

愛梨の声を聞けないまま三月一一日は終わり、日付が変わりました。

津波に巻き込まれたかもしれない

自宅一階の水は、なかなか引いていきません。深夜になって、近くにある幼稚園の園舎二階に避難させていただくことができました。そして翌日の一二日、私と珠莉は、お隣の奥さんと一緒に避難所の小学校へ移動することにしました。

東日本大震災による石巻市の被害状況は、私が申し上げるまでもないでしょう。都市の機能が失われ、最大で五万人の避難者を数えています。

小学校へ向かう途上、民家の前に停《と》まっている一台のトラックが目に入りました。車体には見覚えのある会社名があります。本社が主人の勤務先の目と鼻の先にあるほど、おつき合いの深い物流会社のトラックでした。沿岸部の様子が分かるかもしれないと思い、そのお宅をお訪ねします。

出ていらしたご主人は、やはりその物流会社の方でした。ただ沿岸部とは別の仕事先からトラックでご自宅まで帰ってこられたということで、沿岸部の様子を詳細に知ることはできません。しかしお話ししているうちに、主人が製紙会社の社員であり、私たちは避難所へ行く途中であることが分かると、ご主人は「だったら、うちに泊まっていきなさい」とおっしゃるのです。私もお隣の奥さんも、そのご厚意に甘えさせていただきました。

夜が明けて三月一三日。避難させていただいた先の奥さんとお隣の奥さんに珠莉を預け、私は幼稚園に向かいました。

寒がっていないか。お腹がすいていないか。不安な思いをしていないか。どうしても愛梨に会わなければ――愛梨の好きなお菓子をリュックに詰めて歩き出しました。でも地元出身ではない私は、どうすれば日和山へ行けるのか見当がつきません。道路も冠水しています。どこをどう通ればいいのだろう。

このとき避難先のご主人から、またありがたいお申し出をいただきました。トラックで行けるところまで行ってくださるというのです。文字どおり「道なき道」を走ってくださり、感謝にたえません。

もうこれ以上は進めないという場所でトラックを降り、幼稚園を目指します。そして偶然にも、幼稚園バスの運転手さんに会いました。愛梨を乗せたバスではなく、大型のバスを運転する方です。

「バスの運転手さんですよね？」

「おう、よく分かったな」

「幼稚園は無事ですか？」

「大丈夫、大丈夫」

そんなやりとりで、「大丈夫」の返事に安心しました。ところが、私の思いは暗転します。

「佐藤愛梨の母親ですけれど、うちの子どもは今、どこにいるのでしょう」

次の瞬間、運転手さんの顔色が変わりました。

「もしかして、小さいバスですか？」

「はい、そうです」

「小さいバスは……津波に巻き込まれたかもしれない」

「焼死」と聞かされて

津波。

バスは出発せずにいるものと思いつづけていた私は意味が分からず、頭の中が真っ白になりました。そして、その場で泣き崩れてしまったのです。うずくまって泣く私を見て、運転手さんはこう言いました。その言葉を私は忘れません。

「こればっかりは勘弁《かんべん》してけろ」

勘弁してください、という意味の方言です。この人は何を言っているのだろう。誰が、なぜ、誰を、何を、勘弁するというのだろうか。

幼稚園を目指していた私は、「津波に巻き込まれた」「勘弁してけろ」と聞かされた瞬間、どうしていいか分からなくなり、気力を失ってしまいました。呆然自失《ぼうぜんじしつ》とは、こういう状態のことを指すのでしょう。私はこのあと自宅へ戻るのですが、どのように帰ってきたか覚えていません。

泣きながら自宅にたどり着くと、主人がいました。前日のうちに、水に浸かりながら歩いて帰ってきていたのです。

わあわあ泣いている私に、主人が「どうしたんだ」と聞きますが、私は「愛梨が、愛梨が」としか言えません。

「愛梨がどうしたんだ」

「津波に巻き込まれたかもしれないって」

私がやっとの思いでバスの運転手さんの話を伝えると、主人は語気を強めて言いました。

「『かもしれない』って言われたんだろう。生きているかもしれないだろう。俺はあきらめない」

私は、そうだ、明日香ちゃんのお母さんにも伝えなければと思い、外に出ました。震災当日に自宅へお見えになった佐々木さんです。

すぐに佐々木さんご夫妻に会うことができて話しかけますが、私は「あのね、あのね、子どもたちね……」と言葉になりません。でも佐々木さんは「うん、うん」と頷《うなず》かれます。そして、こうおっしゃいました。

「うちらの子どもって、焼死らしいですね」

焼死って、何？ 津波と聞いて真っ白になっていた頭を、さらに金槌《かなづち》で叩《たた》かれたような衝撃でした。私は気を失いかけて倒れそうになりましたが、佐々木さんが手を取って支えてくださったおかげで、かろうじて倒れずにいられたのです。

主人に話そうと、佐々木さんご夫妻をお連れして自宅へ戻りました。

「愛梨たち、焼死だって」

そう言ったとたん、主人は二階へ駆け上がり、とどろくような大声で泣いたそうです。

「泣いたそうです」と伝聞のようにお話しするのは、私にはこのときの記憶もないからです。後日、佐々木さんに教えていただきました。ものすごい泣き声が二階から聞こえた、と。

不思議な夜

私は主人と二人で、珠莉を預かっていただいたお宅へ迎えに行きました。その夜、不思議な体験をします。

二階の寝室で珠莉を寝かしつけ、自分も寝ようとしていたころです。すっかり眠っていた珠莉が突然、うわーっと泣き出しました。主人は愛梨の部屋で休んでいたのですが、珠莉の泣き声に驚き、慌《あわ》てて寝室までやって来ました。

そのときです、珠莉の口元が動いたのは。

「ママ、ママ、汚《きたな》い」

珠莉は目をつむったまま「汚い」と言います。言い終えると、すぐにまた眠りに落ちましたが、その声と言い方に、主人と私は顔を見合わせました。

愛梨だ。

私たちは親です。子どもの声は顔を見なくても分かります。しかも珠莉はまだ三歳八カ月と幼《おさな》く、六歳一〇カ月の愛梨のように、はっきりとした発音、発声ができません。

「今のは愛梨だったよね。相当、汚いところにいるんだね」

主人とは、明日になったら朝から愛梨を探しに行こうと決めていました。愛梨は汚い場所にいる。必ず見つけよう。二人で固く約束しました。

すると、ふたたび珠莉の口元が動き、「ママ」と呼ばれました。その「ママ」という言い方が愛梨なのです。珠莉を抱いて、「何?」と聞き返しました。珠莉は、いいえ愛梨は――。

「ママ、好き」

そう言ってくれます。

「ママも愛梨のこと大好きだからね」

私は珠莉の体を抱きしめながら愛梨に伝えました。そのとき、珠莉は「うん」と頷いたのです。力強く首を縦に振るような仕草でした。私の声が伝わった、頷いたと思ったとたん、珠莉の体からは力が抜け、何ごともなかったかのように寝息を立てはじめます。

愛梨はここへ来て、珠莉を通して伝えてくれた。

「ママ、好き」

それが愛梨の、私への最後の言葉だと今でも思っています。

このバスではない

三月一四日になりました。佐々木さんご夫妻と、佐々木さんのご主人のお母様、明日香ちゃんにとってはお祖母《ばあ》さんにあたる方とご一緒に幼稚園へ向かいます。

前日、佐々木さんが「子どもたちは焼死らしい」とおっしゃったのには理由があります。ご主人のお母様が、一二日のうちにどうにか幼稚園へたどり着いていらした。そこで園長から言われたそうです。

「明日香ちゃんのお祖母さん、ごめんなさい。明日香ちゃんはもう……」

園長はこのように言いながら、片手を顔の正面に持ってきたということでした。軽く「ごめん」のポーズです。園長は続けてこうも言ったそうです。

「明日香ちゃんのところに行きますか」

そしてお祖母さんを被災現場へお連れし、「これが幼稚園バスです。ここで運転手と添乗員と子どもたちが亡くなりました」と。

園長が指し示す先には、炎で焼けた車が横転していました。結果的には、その車は幼稚園バスではなかったのですが、明日香ちゃんのお祖母さんにしてみれば、幼稚園の最高責任者が言うことですし、被災現場とされる一帯には、いたるところに火災の跡と瓦礫《がれき》の山が残っています。

そのため一三日の朝になって、お祖母さんから状況を知らされた佐々木さんは、焼死らしいと認識されたのです。

幼稚園に着いた私たちは、ほかの保護者の方々とも合流し、佐々木さんやお祖母さんの案内で、バスが被災したという場所へ急ぎました。

そこへは幼稚園から海側に、狭い坂道を下《お》りて行きます。廃墟《はいきょ》のような瓦礫の山を越えて進むと、やがて佐々木さんが「これが幼稚園のバスと聞いています」と、おっしゃいました。

私は佐々木さんと、その車の中にお供《そな》えをしました。愛梨が好きな熊本のふりかけを、泣きながら撒《ま》きます。しかし、違和感を覚えました。

「ねえ、この車って幼稚園バスではないんじゃない？　座席数が足りない」

どう見ても、子ども一二人分の座席がないのです。そのうえ、トランク部分にゴルフバッグを積んでいることが分かりました。

園長が明日香ちゃんのお祖母さんに「これが幼稚園のバスです」と断言した車は、まるで違うものだったのです。私たちは園長を問い質《ただ》そうと、幼稚園に引き返しました。

ところが園長は外出し、午後二時まで戻らないとのこと。やむを得ず、出直すことにしました。門脇《かどのわき》地区など沿岸部の被災状況を見て回り、ふたたび幼稚園へ。しかし園長の姿はありません。そして幼稚園の職員に「園の中でお待ちください」と言われ、園庭から屋内へ入ろうとしたときです。

佐々木さんではない、ほかの園児のお祖母さんの声が背後から聞こえました。

「子どもたち、いたよー」

私たち保護者は一目散《いちもくさん》に駆け出しました。

希望と絶望と

「子どもたちがいた」と聞き、どこかで生きているのだ、と私の中で希望が生まれました。しかし案内されたのは、先ほどから何度も瓦礫の山を登り下りした、被災現場とされる場所です。津波と火災の爪あとを目にしていましたから、芽生《めば》えかけた希望は一瞬にして消えていきます。

幼稚園のバスは、園長が誤認した車の数メートル先で発見されました。倒壊した家屋の屋根が覆《おお》いかぶさり、見つけにくかったのです。

そこに「子どもたちがいた」のでした。

バスの車体から自力で脱出しようとしたのでしょう。子どもたちが体を寄せ合って倒れていました。酷《むご》すぎる遺体です。黒焦《こ》げで顔が判別できないうえ、人体の形をとどめていません。

その中に、見覚えのある服――愛梨でした。

朝、幼稚園へ行くときに着せたジャンパーの一部が、肩の付近に焼け残っていたのです。

愛梨は、赤ちゃんよりも小さくなっていました。下半身はありません。傷《いた》みが激しく、表情も読み取れませんでした。

愛梨の亡骸《なきがら》を、主人がそっと大事そうに抱《かか》え上げます。そのとき主人は、私に「抱くか?」と聞いてくれたのですが、私は「壊《こわ》れるから」と言って断わりました。きつくきつく抱きしめたかったのに――。


この日、被災現場では四人の子どもの遺体が見つかりました。私たち保護者は、子どもたちを幼稚園へ連れて行こうと坂を上《のぼ》ったのですが、園側に拒否され、坂の途中にある駐車場にブルーシートを敷《し》いて寝かせました。幼稚園は、そのブルーシートを

瓦礫の下から発見された幼稚園のバス。窓ガラスは割れ、焼け焦げていた（2011 年 3 月 18 日撮影。遺族提供）

用意してくれただけです。

しかし風が強く、今にも雨が降り出しそうでした。押し問答の末、幼稚園側はしぶしぶながら園舎の一室を開放し、私たちはそこへ毛布にくるんだ子どもたちを抱いていきました。

私も、ほかの保護者の方たちも、子どもを自宅へ連れて帰ろうと思っていました。

そこへ警察の方がお見えになり、「ご遺体は、いったん安置所へお運びします」と、おっしゃいます。そして子どもたち一体ずつに、アルファベットと数字で番号が振られました。

なぜ番号なのか、私には理解できません。

「この子には佐藤愛梨という名前があるんです」

思わず警察の方に訴えましたが、その方は「すみません」と言って番号をつけていきます。

遺体安置所へ運ぶと聞かされて、ますます理不尽《りふじん》さを感じました。自分の子どもなのに。やっと自分たちで捜し当てたのに。なぜ、また引き離されなければならないのだろう。

「家に連れて帰れないんですか？　どうしてですか」

しかし、警察の方にとっては規則なのでしょう。その方は「すみません。本当にごめんなさい」と涙を流しながら、ご自分の職務を続けられました。

ほどなく幼稚園前にワゴン車が到着しました。子どもたちを遺体安置所へ移送する車です。

一体、一体、ワゴン車の中に入れられます。私は愛梨が入ってから、その車を離れることができず、しがみつくようにしていました。でも、最後の一体が入り、ワゴン車のドアは閉じられてしまいます。私は、その車が見えなくなるまで見送ることしかできませんでした。

翌日の三月一五日、愛梨に会うため、遺体安置所になっている体育館へ向かいました。

何百という数のご遺体が、警察や消防、自衛隊の方々の手によって運び込まれています。しかし、その中で遺体が見えないように布でくるまれていたのは、愛梨たち四人の子どもだけでした。ほかのご遺体は亡くなられたときのままのお姿で、傷みもそれほど激しくありません。表情が読み取れますし、ご家族が見れば、きっと誰であるか判別できます。もちろん服も着ていらっしゃいます。

まことに不謹慎《ふきんしん》ですが、眠っているかのようなご遺体を見て、私はうらやましくなりました。いいな。きれいだな。抱きしめてあげられるな。でも愛梨は――。

安置所のご遺体には身元確認用に、それぞれ一枚の紙が貼られていました。発見された場所や推定年齢、性別などが記入されています。しかし、愛梨たち四人の子どもは「性別不詳《ふしょう》」なのです。死体検案書の性別欄にも「不詳」と書かれました。

うちの子は女の子ですよ！

声に出して叫びたかったです。

その後、遺体を引き取るための手続きをしました。警察の書類に「遺体の取り違えがあっても異議を申し立てない」という内容の誓約《せいやく》をして、ようやく連れて帰ることができます。

大粒の涙

愛梨は棺《ひつぎ》に入って、自宅へ帰ってきました。いつものように「ただいま」の声を聞くことはできませんが……。その棺は石巻市が震災の犠牲者に用意したものです。成人のご遺体が入る大きさでしたから、小さな愛梨がよけいに小さく見えました。

珠莉は不思議そうな顔をして、棺を見つめていました。そして「ママ、これ何？」と、トントン棺を叩きます。

この中に愛梨がいるとは言えませんし、棺を開けて対面をさせるわけにもいきません。珠莉には、お姉ちゃんはお姉ちゃんらしい姿のままでいさせたかったからです。

「珠莉、これね、すごく大切なものが入っているの。だから叩いちゃダメね」

私がそう言うと、珠莉は叩くのをやめました。それでも手を後ろのほうに回し、じっと棺を見つづけていました。何か感じるものがあったのだろうと思います。

それまで珠莉は、愛梨がいないことでずっと不機嫌でした。怒ったように私に言うのです。

「ママ、どうしてあいり、帰ってこないの。早く迎えに行って」

「愛梨は今、ちょっと違うところに行っているから、帰ってこられないんだ」

「違う。あいりは帰ってきたがっているよ。連れて帰ってきて」

「でもまだね、帰ってこられないんだよね」

毎日、そんなやりとりが続きました。

ところが、ある日を境に、珠莉は「迎えに行って」と言わなくなります。

愛梨の火葬が終わり、数日後のことです。私は珠莉と向かい合い、こう話しかけました。

「珠莉、愛梨はね、お星さまになったの」

すると、珠莉の目から大粒の涙が零《こぼ》れ落ちてきました。それは見たこともない大きな涙でした。

しかも、泣き声をまったく上げません。グッと我慢しながら、ボロボロと涙を落とします。普通なら、わあわあ大きな声で泣くと思うのですが、こらえるように、ただただ涙を流すのです。

大人でしたら、泣き声を押し殺すことも可能でしょう。でも三歳の女の子です。人間の死がどういうことであるのかも理解できていません。なのに、声を上げずに涙だけを落としていました。

たぶん、「お星さまになった」の一言で、お姉ちゃんはもう帰ってこないんだ、と感じ取ったのでしょう。珠梨はそれ以来、「迎えに行って」「連れて帰ってきて」と言うことがなくなりました。

お姉ちゃんの分も

珠莉が愛梨と最後に会ったのは、地震の前日です。「おやすみ」と言って眠った珠莉は、三月一一日の朝、愛梨が幼稚園に行くときも寝たままでしたから、愛梨に会えていません。珠莉は突然、一人になってしまいました。

それまで、ずっと一緒に二人で遊んでいた姉妹です。珠莉のそばには、いつも愛梨がいました。その愛梨がいなくなり、珠莉はどうやって遊べばよいのか分からず、戸惑ったようです。ボーッとすることが多くなりました。


私のほうも気力を失い、自宅でふさぎ込んでばかりでした。そんな様子を見かねた友人が、私たちを外に連れ出そうと、炊《た》き出しの整理券を取ってくれました。有名な「石原《いしはら》軍団」の皆さんが石巻中央公民館の駐車場で開かれる「石巻げんき食堂」という炊き出しです。会場整理のために券が必要で、友人は私と珠莉の分を懸命になって確保してくれたのです。

震災から一カ月ほど経《た》った四月一五日。私と珠莉は炊き出しの列に並びました。途中、珠莉がトイレに行きたいと言います。そのため一度、列を離れてから並び直し、

「お姉ちゃんの分もください」。その言葉の理由を知って、
珠莉ちゃんをハグする上戸彩さん（産経ビジュアル）

私たちは最後尾になりました。

炊き出しのテントでは、渡哲也《わたりてつや》さん、舘《たち》ひろしさんをはじめとする石原軍団の皆さんが、焼きそばやカレー、おでん、豚汁《とんじる》などを振る舞っていらっしゃいます。

「珠莉が好きなものを選びなさいね」

私が言うと、珠莉は即答です。

「焼きそばがいい！」

そのブースに上戸彩《うえとあや》さんがお見えでした。渡哲也さんとの共演がご縁で、ご自分から炊き出しへの参加を希望されたとのことです。

私たちの番が来て、上戸さんの手から珠莉に焼きそばのお皿が差し出されます。そのときでした。珠莉は上戸さんに向かって、あどけない声でこう言ったのです。

「お姉ちゃんの分もください」

事情をご存じない上戸さんは怪訝《けげん》そうなご様子でした。それはそうです。珠莉は一人ですし、その姉らしき女の子はどこにもいないのですから。

私は上戸さんに愛梨のことをご説明しました。すると上戸さんが、珠莉をぎゅっと抱きしめてくださったのです。

私たちは報道陣に囲まれることになりましたが、見ず知らずの珠莉に元気を与えてくださった上戸さんの温《あたた》かさに、涙があふれました。

あいりがいればたのしいのに

お姉ちゃんの分もください。

帰らない愛梨に大粒の涙を流した珠莉ですが、珠莉の中には、愛梨がいつもそばにいる世界が広がっていました。もしかしたら、炊き出しの列にも二人で一緒に並んでいたのかもしれません。

珠莉はこの年の春、年少さんで幼稚園に入ります。そして年中さん、年長さん、小学校と年齢を重ね、成長してきました。震災から六年の二〇一七年には四年生になります。愛梨は中学校に上がる年齢です。

いつも「あいり、あいり」と、お姉ちゃんにまとわりついて甘えん坊さんだった珠莉は、愛梨が亡くなってからというもの、逆にしっかりしすぎるくらいの女の子になりました。わがままや泣き言を一切、言わなくなりました。愛梨の死因が震災にあることも、もう理解しています。毎晩、愛梨の位牌《いはい》に私と手を合わせ、「今日はこんなことがあったよ」と語りかけます。

珠莉がそんなふうに、しっかり者に育ってくれたのは、愛梨という甘えられる相手がいなくなったからではないかと思います。また私が幼稚園バスの被災をめぐり、ほかのご遺族とともに真相を究明する活動に取り組んだこともあるでしょう。大人たちがお姉ちゃんのことで必死になっている姿を見て、ママを困らせてはいけない、しっかりしなきゃ、と子どもなりに思ったのではないでしょうか。

珠莉の幼稚園の先生に、お聞かせいただいたことがあります。珠莉は幼稚園で、い

「あいりにかえってきてほしい」
小学校に上がる前、ノートの最終ページにそう書いていた

ろいろな子どもの世話を焼いてくれるとのこと。たとえばボタンをうまく留《と》められない子どもがいれば、珠莉が留めてあげるそうです。そこで先生が「珠莉ちゃん、どうしてそんなに優しいの？」と尋ねたところ、珠莉はこう答えたそうです。

「珠莉はね、私がお姉ちゃんにしてもらっていたように、珠莉もそうやってしてあげるの」

　お姉ちゃんが優しくしてくれたから、自分もお姉ちゃんのように、ほかの子どもに優しくしてあげる。先生にお話をうかがい、ああ珠莉は愛梨のことをちゃんと見ていたのだな、と気づかされました。そして、愛梨が帰ってこないことを頭では分かっていても、珠莉の中ではともに生きつづけているということも。

ある日、自宅の片づけをしていると、珠莉の落書き帖《ちょう》がポンと置かれているのを見つけました。「プリキュア」のノートです。珠莉は私に見られるとは思わずに、いつも何かを書いているのです。

そのノートは少し古ぼけていて、投げ出されたように置いてありましたから、もう使わないのだなと思い、私は処分することにしたのですが、パラパラめくると、最後のページに珠莉の字で文章が書かれていました。

《あいりがいればたのしいのに　じゅりはたのしくない
あいりがかいてきて（帰ってきて）くれればたのしいのに

あいりのことおもてる（思っている）のに
あいりにかいてきてほしい　ねがいはそれだけ　じゅりより》

平仮名ばかりですので、幼稚園の年中さんか年長さんのころに書いたのでしょう。たどたどしい字で、「帰ってきて」を「かいてきて」、「思っている」を「おもてる」と、耳に聞こえた音をそのまま文字にしたために、ところどころ間違っていますが、珠莉の純粋な気持ちが伝わってきます。

これは処分できない――そう思いました。

真実を知りたい

震災後、しばらくふさぎ込んでいた私ですが、いつまでも下を向いてはいられません。なぜ愛梨は亡くなったのか。なぜバスは出たのか……真実を知りたい。真実が分からなければ、また悲劇が繰《く》り返される。

たしかに自然災害は防ぎようがありません。しかし、それに備えたり、失われなくてもよい命を守ったりする方法は、いくらでもあるはずです。

私は上を向くことにしました。ほかのご遺族と連絡を取り合い、幼稚園のバスが津波に飲まれ炎上するに至った経緯を、独自で調べる活動を始めました。この活動は、幼稚園バス事故の教訓を共有するネットワーク「日和幼稚園遺族有志の会　子どもの安全を考える」として発展し、現在も続いています。

私たち遺族は、愛梨たちと同じバスに乗りながら難を逃《のが》れた子どもさんの父兄をはじめとする保護者の方々に聞き取り調査をお願いしたり、幼稚園にさまざまな説明を求めたりしました。市役所や警察にも出向きます。そうした中で判明した一つ一つの事実を積み重ねていけば、真実に近づける。遺族の間で役割分担を決めて、真実を知るための調査を始めました。

聞き取り調査では「震災を思い起こしたくない」「話したくない」という保護者の方々もいらっしゃいましたが、お願いを重ね、お話をうかがううちに、バスの運行経路が判明してきます。

バスには一二人の園児が乗りました。午後三時ごろ、幼稚園を出発。沿岸部へ向けて坂道を下ります。すでに大津波警報が出ていました。

乗っていた園児のうち、二人が海沿いの自宅付近で下車。次にバスは、ふだん寄らない門脇小学校へ向かいます。ある園児のお宅の玄関に「門脇小学校に行ってきます」という置手紙が貼られていたからです。門脇小学校では、ご家族の元に三人の園児が帰りました。

続いて、バスは日和幼稚園に引き返します。これは園長が運転手さんに「バスを幼稚園に戻せますか」と要請したことによるものです。しかし、幼稚園に向かう途上で交通渋滞に巻き込まれ、立ち往生《おうじょう》。そこに園児二人のうち一人のお母さんが迎えにいらっしゃり、二人を連れてバスを離れました。

バスに残ったのは、愛梨など女の子四人、男の子一人の園児五人と、運転手さん、添乗員さんでした。

渋滞の中、五人の園児を乗せて幼稚園へ走るバス。それを大津波が襲います。

驚くことの連続

危険な状況にもかかわらず、なぜバスを発車させたのか。防災無線が聞こえていたはずではないか。幼稚園の防災対策は職員の間で周知徹底されていたのか――私たち遺族にとっては疑問ばかりが生じます。

愛梨たちの遺体が見つかった翌日、三月一五日に幼稚園が説明会を開きました。ところが、そこでは園長が「私の判断ミスです」と繰り返すだけで、とても「説明会」と呼べるものではありませんでした。幼稚園側は事故の状況をまったく把握《はあく》できていなかったのです。

その後、私を含め四人の園児の遺族は、幼稚園を運営する学校法人と園長を提訴します。二〇一一年八月一〇日でした。この民事訴訟は一審、二審と、開廷のたびに大きく報道されましたから、ご記憶の方もいらっしゃると思います。ただ、裁判沙汰《ざた》は私たち遺族の本意ではなく、「裁判所に訴えざるを得なかった」というのが正直なところです。

というのも、幼稚園側と続けたやりとりでは、私たちが驚いたり憤慨《ふんがい》したりするようなことの連続だったからです。

たとえば、ある保護者の方に教えていただいたのですが、私たち遺族がいないところで、幼稚園の園長が「今、幼稚園に関して変な噂《うわさ》がいろいろ流れています。幼稚園が、そんなことするわけないじゃないですか。もし噂を耳にしたら、『それは違いますよ』と否定してください。幼稚園を援護射撃してほしい」と言ったそうです。「変な噂」とは、幼稚園の安全管理が杜撰《ずさん》ではないかということでしょう。

また、きちんとした説明会が、なかなか開かれませんでした。遺族はそれぞれの火葬が終わったあと、幼稚園側から説明会の連絡が来るだろうと待っていたのですが、待てど暮らせど何の連絡もありません。こちら側から「いつ説明会をしてくれるのですか」と問い合わせた翌日、幼稚園との連絡窓口を引き受けてくださっている遺族に電話がかかってきました。その内容に私たちは驚いたのです。

「ご遺族の皆さんには、もう十分説明しました。こちらは理解していただいているものと思っているので、これ以上、説明会をする気はありません」

私たちは三月一五日に、園長の「判断ミスです」という言葉を聞いただけで、その時点ではまだ何の説明も受けていません。再度、説明会をお願いしました。

幼稚園側の対応に、誠実さを感じることはできません。説明会をするつもりがないということ自体が不誠実ですし、子どもたちへの謝罪が一言もなかったからです。

笑わないでください！

四月に入り、また驚くようなことが起きます。幼稚園が四月二〇日から再開すると保護者に告知しました。

私と私の友人はそれを聞いて、「これはおかしいよね」と言い合いました。幼稚園にはまだ聞きたいことがたくさんありますし、謝罪の言葉もありません。説明責任も結果責任も果たしていないのに、園を再開するということに不合理を覚えたのです。

そこで園長に面会を求めました。珠莉と友人を伴《ともな》い、幼稚園に出向きます。

「私たち遺族の気持ちを置き去りのまま、幼稚園を再開されるおつもりですか」

私が問い質すと、園長はこう答えました。

「はい、そうさせてください。もう前に進ませてください」

前に進む？　そう言われて唖然《あぜん》としたことを覚えています。園長のこの発言は、深く突き刺さりました。遺族は、前に進もうにも進めないのです。

もしもこのとき、園長の言葉が「園児もいることですし、本当に申し訳ありませんが、再開させてもらえませんか」というような表現でしたら、私も親ですし、受け止められます。「はい、分かりました」と言えたと思います。しかし「前に進ませてください」では、とても了解できません。

珠莉がトイレに行きたいと言うので、いったん席を外《はず》しました。するとまた、驚くことが起きました。

園長はため息をつきながら、友人の前で「遺族の人たちの前では言えないんですけどね、私だって辛《つら》いんですよね、アハハ」と笑われたのだそうです。私は目撃していませんが、友人が二人いて、目《ま》の当たりにしています。

友人は怒りました。

「園長先生、笑わないでください。遺族の人たちが、いちばん辛いに決まっているじゃないですか。なぜそこで笑うんですか。笑わないでください」

――遺族側と幼稚園側との間では、こうしたことばかりの積み重ねでした。不毛な時間が過ぎるだけで、事故の真実を知りようがありません。

一方、私たち遺族の調査では、さまざまな事実が明らかになっていきます。

園長はバスを発車させた理由について「当時は雨とみぞれが降っていた。子どもたちの寒そうで不安そうな表情を見て、一刻も早く保護者の元へ帰そうと思った」と釈明していますが、幼稚園には防災マニュアルがあり、そこには「地震の震度が高く、災害が発生する恐れがあるときは、園児は保護者のお迎えを待って引き渡すようにする」と明記されていたのです。

なぜ、マニュアルにしたがって「保護者のお迎えを待って引き渡す」ことをしなかったのか。園長の「判断ミスです」の一言で片づけられる問題ではありません。

また、バスの運転手さんは一命を取りとめています。津波で気を失ったものの、割れた窓ガラスから車外に放り出され、無事でした。ちなみに添乗員さんは、この運転手さんの奥さんですが、私たちは被災現場で添乗員さんと思われる方のご遺体を上げています。

幼稚園に戻った運転手さんは、翌日になって、ようやくバスの状況を伝えたようです。しかし、幼稚園側が子どもを救助しようとした形跡はありません。現場を見に行きはしたものの、何もせずにあきらめてしまったようです。

子どもの声は聞こえていた

でも、被災現場の近くに住む方は、このように証言なさいます。

「津波が引いてから、『助けて、助けて』という子どもの声が聞こえた」

「まさか幼稚園の子どもがいるとは思わなかった。瓦礫で見えなかった」

「子どもの声は夜中まで聞こえていた」

瓦礫の下で、子どもたちは水と泥《どろ》に浸《つ》かりながら助けを求めていたのでしょう。

「ママ、汚い」という愛梨の声が胸をよぎります。火の手が迫ってくるのを見ていたでしょうし、どれほど怖かったことか。

津波の発生から火災が起きるまでの時間は、およそ一〇時間とされています。子どもたちがどの時点で亡くなったのかは分かりません。それでも幼稚園側が、救助活動を放棄したことが悔やまれてならないのです。もちろん救助活動が行なわれても、亡くなった命があったかもしれません。しかし私たちが対面したときの子どもは、あの姿ではなかったと思うのです。


五月二一日に開かれた説明会で、私たち遺族は幼稚園側に対し、救助活動がなされなかった点を追及しました。

「子どもたちがそこにいる状況が、分かっていますよね。なぜ声がけをしてくれなかったのですか」

私がうかがうと、園長はこう答えました。

「家と車と水があの状態において、私の頭の中は真っ白になったんだと思います」

主人はこのように言いました。

「救助活動も何もしていない。ただ見に行って、ああダメだ。それで終わっちゃったんでしょう?」

園長は「はい……」と、うなだれるばかりでした。

さらに、防災マニュアルが幼稚園の職員に行き渡っているのか質問すると、またもや驚くような答えが返ってきました。マニュアルは園長の書庫にファイルとして置かれてあり、先生方をはじめ職員には配布されていなかったというのです。この日の説明会に出席された先生も「園に入ったときからずっと、マニュアルの存在を知らなかった」とおっしゃいました。

遺影を抱いて

このような経過で二〇一一年八月一〇日、亡くなった五人の子どものうち四人の遺族が原告となり、仙台地方裁判所に損害賠償請求の民事訴訟を起こしました。熟慮《じゅくりょ》の末の決断です。先に申し上げると、二〇一三年九月に一審判決で原告が勝訴、被告が控訴《こうそ》したのち、二〇一四年一二月三日に仙台高等裁判所で和解が成立しました。

遺族としては、賠償金目当てであるとか、うがった目で見られることは不本意でした。お金ではなく、真実を明らかにしたい。聞き取り調査などで何百枚もの資料をつくりましたが、やはり一般人のできることには限界があります。司法の手に委《ゆだ》ねることで一歩でも真実に近づけるのではないか、という期待がありました。

ですから当初は刑事告訴を希望しました。しかし代理人弁護士の先生からのアドバイスで、民事訴訟としたのです。

「東日本大震災という自然災害が大きくのしかかっているので、刑事事件とするのは難しい。まずは民事で行きましょう。また、賠償請求額が低いと、相手は『このお金さえ払えばいいんでしょ』と、裁判を終わらせてしまう。それではダメなんです。ある程度の高額な請求をしないと、幼稚園を法廷に引きずり出せないし、真実を明らかにしたいという皆さん方ご遺族の望みが実現できません」

弁護士の先生がおっしゃるとおり、民事での提訴に踏み切りました。

私は愛梨の遺影を抱いて、裁判所へ足を運びました。


今も自宅にある愛梨の遺影は、二〇一〇年の夏に撮影したものです。

例年、夏になると私は愛梨と珠莉を連れて、熊本の実家に一カ月ほど帰省していました。

熊本から石巻へ戻ると、電話にたくさんの着信記録があります。「何だろう」と思ったのですが、自宅に戻ったその日のうちに、また同じ番号から電話がかかってきました。出ると、地元の写真館からでした。

「うちの社長が愛梨ちゃんのことを気に入って、ぜひうちの七五三のモデルになってもらいたいのですが」

写真館の社長さんが幼稚園で愛梨を見かけ、声がかかったのです。社長さんは日和

遺影になってしまった写真。大好きな水色の服を着て、
頬杖をつく愛梨ちゃん。亡くなる前年に撮影された

幼稚園の卒園アルバム用の写真を撮影され、園専属のようなカメラマンでした。親としては、うれしいお話です。ただ熊本にずっといましたから、愛梨は日焼けしています。愛梨も「ええっ、恥ずかしい」と言っていました。でも写真館の方が「日焼けしていても大丈夫です」とおっしゃるので、お話をお受けすることにしました。

写真館に愛梨を連れていくと、髪をセットしていただき、着付けをしてくださいます。衣装は愛梨が自分で選びました。

「どれがいい？　最新の服はどうですか」と聞かれた愛梨は、「いやだ。私は水色が好きだから、水色がいい」と言って着替えます。

用意ができたところで「愛梨ちゃん、おいで」と呼ばれ、スタジオに。私は「お化粧はしないんですか」と尋ねたのですが、「このままがいちばんです」と、そのまま撮影に入りました。愛梨は色白なので、日焼けのままでいいのかな、と思いながら撮影していただく愛梨を見守ったことを思い出します。

後日、写真館から大きなサイズの写真をいただきました。まさかその写真が愛梨の遺影になるとは思わずに――。

不都合な真実

仙台高等裁判所での「和解条項」には、「前文」がありました。裁判では異例のことだそうです。その「前文」はこのように書かれていました。

《当裁判所は、私立日和幼稚園側が被災園児らの死亡について、地裁判決で認められた内容の法的責任を負うことは免《まぬが》れ難《がた》いと考える。被災園児らの尊い命が失われ、両親や家族に筆舌《ひつぜつ》に尽くし難い深い悲しみを与えたことに思いを致し、この重大な結果を風化させてはならない。今後このような悲劇が二度と繰り返されることのないよう、被災園児らの犠牲が教訓として長く記憶にとどめられ、後世の防災対策に生かされるべきだと考える。幼稚園側と遺族側は当裁判所の和解勧告を受け止め、以下の通り和解する》

「重大な結果を風化させてはならない」そして「悲劇が二度と繰り返されることのないよう」という裁判所の強いメッセージが多くの方々に届くことを願います。

この和解は、原告側の全面勝訴となった一審判決を踏まえてのものです。ただ私たち遺族は、この結果を喜んではいけないと思っています。私たちの望みは、あくまでも真実が解明されることと、幼稚園側が子どもたちに謝罪することだからです。

私たちは原告として、知りうることをありのまま隠さずに法廷で話しました。しかし被告の幼稚園側は、自分たちにとっての〝不都合な真実〟を隠そう、隠そうとするのです。たとえば証人尋問で「地震発生時、防災無線は聞こえていましたか」と聞かれれば、一様に「聞こえませんでした」。いえ、聞こえていたはずです。

あるとき、出廷した園長がポロッと漏《も》らしました。

「揺れている最中に防災無線が聞こえた」

それまでは絶対に口にしなかったことです。こちら遺族側や傍聴席が、この発言でざわつきました。今までは「聞こえない」の一点張りだったのに。

園長はそれに気づき、慌てた様子で「いやいやいや、私に聞こえたのは大津波とか、そういうものではありません」と否定しましたが。

裁判所は本当のことを言わなくてもいい場所なのだろうか。真実を覆い隠しても罪には問われないのだろうか。私たちは自力で調べたことを、包み隠さず話しているのに。そんなわだかまりが、ずっと尾を引きました。

そしてまた、心からの謝罪があれば、損害賠償請求という手段に訴えるつもりはなかったのです。法と道徳は、分けて考えるべきだと思います。

裁判の結果、日和幼稚園バスが被災し五人の子どもが落命した事故は、天災ではなく人災であると認定されました。それでも法律が罪と罰を定めることと、人として道徳的にどうであるかということは、次元の違う話なのだな、と裁判を通じて感じるようになりました。

愛梨たちは幼稚園の先生を信じてバスに乗ったのです。低年齢ですから、自分が置かれている状況も、津波が襲ってくることも分かりません。大きな地震が起きて、ひたすら怖かった。でも「お父さんとお母さんに、すぐ会えるからね」と言われ、先生たちを信じていました。その結果、命を落としました。

そんな子どもたちに対して、「ごめんなさい」と言えない大人は、人としてどうなのかと思います。

ありがとう

亡くなった愛梨は、震災の四日後に卒園式を迎えるはずでした。その次は小学校の入学式です。そして小学校を卒業すれば、中学校、高校の入学式と卒業式があり、やがて成人式、結婚式と、いくつもの「式」を重ねていくはずでした。それがまさか、幼稚園の卒園式も迎えられず、入園式の次がお葬式になるなんて。

大人になって、結婚して、子どもを産んで、お婆さんになって――人生の最後にお葬式のはずなのに、どうして、と思います。まして、私より先に逝《ゆ》くとは予想だにしていませんでした。式を重ねさせてあげたかった。

愛梨は、人の涙を見るのが苦手な子でした。珠莉が泣き出すと、懸命に笑わせようとしていました。優しく天真爛漫《てんしんらんまん》で、ときには〝変顔《へんがお》〟もします。人を笑顔にするのが好きだったのです。

幼稚園の先生から「愛梨ちゃんはすごくかわいい顔をしているのに、変顔ばかりしてみんなを笑わせるムードメーカーです」と、うかがったことがありますし、私の友人が「愛梨ちゃん」とカメラを向けると、やはりすごく変な顔をします。それで友人は「かわいい顔が台無しだよ、かわいい顔してね」と言いながら写真を撮ってくれていました。

変顔が得意というより、みんなを笑わせたい、笑顔にさせたい、喜ばせたいという思いがいつもあったのでしょう。卒園式の準備で先生が涙ぐまれたとき、愛梨はこう言ったそうです。

「先生、悲しいときは笑うんだよ」

担任の先生からは、もう一つ、うかがったことがあります。愛梨は幼稚園で「ミニ先生」だったそうです。先生がおっしゃるには、「愛梨ちゃんは、私ができないことをカバーしてくれるミニ先生でした」とのことです。

そんな愛梨を珠莉は見て育ちました。だから幼稚園で「お姉ちゃんがしてくれたように、私もしてあげるの」と言ったのだと思います。


聞き取り調査にご協力くださった保護者の方のお話により、愛梨が津波に巻き込まれる前、バスの中でどうしていたのかも分かりました。

バスには泣いている子どもたちがたくさんいましたが、愛梨は泣かずにみんなを励ましていたそうです。

「大丈夫。怖くないよ。もうすぐ幼稚園に着くからね」と。

そして愛梨は歌をうたいました。それは卒園式のあとに開かれる謝恩会で、子どもたちが先生方へ向けて披露《ひろう》する予定だった歌。いきものがかりの「ありがとう」です。愛梨は歌でみんなを元気づけようとしたのでしょう。

私は愛梨が読めない歌詞の漢字に振り仮名を書いてあげました。謝恩会のその日に備え、二人で練習した思い出の歌です。

《〃ありがとう〃って伝《つた》えたくて　あなたを見《み》つめるけど
繋《つな》がれた右手《みぎて》は　誰《だれ》よりも優《やさ》しく　ほら　この声《こえ》を　受《う》けとめている》

歌詞を追いながら大きな声で練習していた愛梨。その姿が思い起こされ、私は今もこの歌を聞くことができません。「ありがとう」って愛梨《あなた》に伝えたい。「ママの子に生まれてきてくれて、ありがとう」と。そしてあの朝、足踏みごっこをして「つながれた手」を、そのままずっと離さなければよかった。

でも、最後まで友だちを励ましつづけた愛梨を、私は誇りに思います。

大切な遺品

震災後、遺族は水が引いた被災現場に遺品や遺骨を捜しに出ます。そこで私は大切なものを見つけることができました。

愛梨が三月一一日の当日まで幼稚園で履《は》いていた上靴《うわぐつ》とクレヨンです。この日、卒園式を控えた年長さんたちは、絵や工作など幼稚園に置いてある自分のものを自宅に持って帰るため、大きな荷物を抱《かか》えていました。

上靴は同じ種類のものを履いている園児もおり、そのうえ焼け焦げていますから、一目では誰の靴であるかが分かりません。しかし、その上靴には、靴にはない繊維が燃え残って付着していました。

愛梨の上靴だ。

その繊維は、上靴を入れる巾着《きんちゃく》袋の裏地として、私が縫《ぬ》いつけてあげた布の切れ端《はし》に間違いなかったのです。クレヨンも愛梨のものでした。

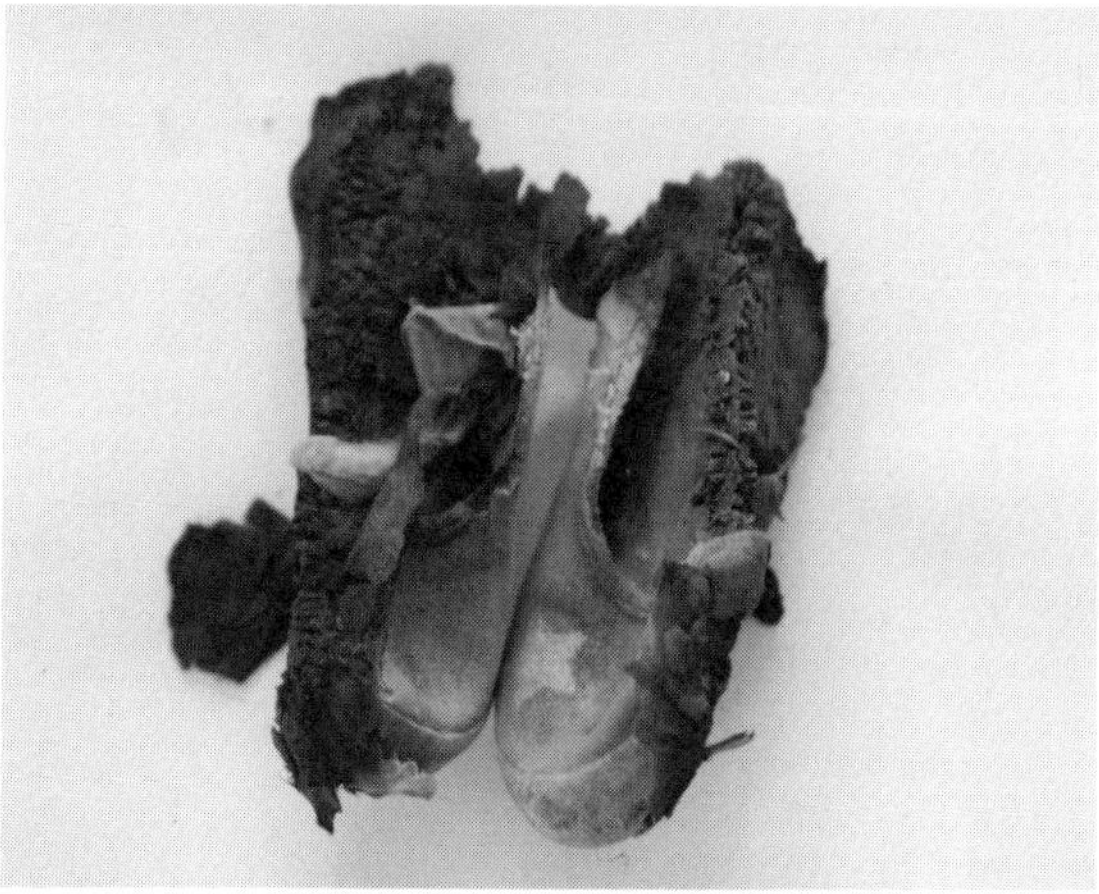

震災当日まで履いていた幼稚園の上靴。火災で焼け焦げているが、燃え残った布の切れ端で愛梨ちゃんの靴と判明した

ほかの方々から見れば、焼けた上靴とクレヨンにすぎないかもしれませんが、私にとっては大切な愛梨が残してくれたものです。

私は、この愛梨の遺品を多くの方に見ていただきたいと思っています。

広島の平和記念資料館には、原爆の悲惨さを伝える写真や、熱で焼け焦げたお弁当箱、自転車など、多くの資料が展示されています。それを一つ一つ目にすることで、感じられることがあるはずです。

ですからもし、愛梨の残した上靴やク

レオンが祈念館《きねん》のような施設に展示されるのであれば、そうしていただきたい。私が持っているのでは、誰も目にすることはありません。多くの方に、見て、感じていただきたいと思います。

東日本大震災で亡くなった人たちがたくさんいること。その中に佐藤愛梨という女の子もいたこと。人の死に思いを寄せて、悲劇が二度と起きませんように、と。

止まった時間、刻まれる時間

愛梨を思うとき私は、ふと後悔と罪悪感に苛《さいな》まれます。

あの朝、「幼稚園に行くの？　行かないの？」と起こさなければよかった。震災の前の年の一二月、行きたがっていた東京ディズニーランドに、無理をしてでも連れて行けばよかった。しつけだと思って厳しく叱《しか》ったこともあるけれど、もっと甘やかしてあげればよかった。

私は愛梨と約束したことがありました。
「ママは、何があっても愛梨のことを守ってあげるからね」
そう約束したとき、愛梨はニッコリと抱きついてくれました。しかし、その約束を果たすことはできませんでした。「守ってあげられなくてごめんね」としか言いようがありません。

三月一一日の朝にバスを見送ってから、私と愛梨の時間は止まったままです。あの日以来、愛梨の成長を見ることはできません。愛梨とは六年を過ごせたけれども、過ごせない時間のほうが長くなっていきます。

でも、かたや刻まれ、流れてゆく時間があります。珠莉は成長して、お姉ちゃんの年齢を超えました。

珠莉が小学校に上がる前、二〇一三年一一月のことです。愛梨が入学する予定だった小学校でバザーがあり、珠莉を連れてお邪魔しました。

バザーを見て回り、帰ろうとしたとき、珠莉が私に言います。

「三年生の教室はどこ？」

愛梨が小学校三年の年齢であることから、その教室がどこなのか、と質問したわけです。私が答えに窮《きゅう》していると、珠莉は「探しに行こう」と、校舎の中をスタスタ歩き出しました。

三年生の教室が並んだ廊下。そこで立ち止まると、今度はこう聞かれました。

「あいりは何組？」

珠莉は私のことなどそっちのけで、教室から教室へ。でも、愛梨はいません。私は「帰ろっか」と、不満そうな珠莉の手を引きました。

「あいり、あいり」と姉のことを名前で呼んでいた珠莉は、次第に「お姉ちゃん」とか「愛梨お姉ちゃん」と口にするようになりました。

愛梨が帰ってこないことは分かっていますし、現実的に会えていません。震災で亡くなったことも今は理解しています。でも珠莉の中では、ともに生きつづけている。「お姉ちゃん」と呼ぶのは、自分にはお姉ちゃんがいるのだ、という珠莉の意思表示なのでしょう。

珠莉が小学校に上がったときに、愛梨へ宛てて書いた手紙があります。

《あいりおねえちゃんへ。
おねえちゃんは、げんき？　じゅりは、げんきだよ♡。じゅりは、1ねんせいになったよ。じゅりは、おねえちゃんと、たくさんあそびたいし、おはなしがしたいよ♪まいにちまいにち、おねえちゃんのことおもっているのに、おねえちゃんがいなくてさびしいし、つまんないよ。はやくおねえちゃんにあいたいなあー。
がっこうで、たしざんと、ひきざんと、ひらがなならったよ。がっこうでともだちたくさんできたよ。おねえちゃんは、4ねんなんくみ？　じゅりは、1ねん1くみだよ。
あいりおねえちゃんのことだいすきだよ♡。いつもいっしょだよ。じゅりより》

お姉ちゃんは四年生にいるよね

珠莉は愛梨と、いつも一緒にいるのです。愛梨の一〇回目の誕生日が来れば、「お姉ちゃんは一〇歳になったね」と言います。

これも珠莉が小学校一年生のときですが、泣いて帰ってきたことがありました。担任の先生が、プリントを配る際に「この学校に、お兄ちゃん、お姉ちゃんがいない子は手を挙《あ》げてください」と教室で挙手《きょしゅ》を求めました。これは「家庭数」という制度で、一家庭につき一枚のプリントを配布するために、同じ学校に通う子どものうち長男と長女を確認するものだそうです。兄や姉がいる子どもには、プリントが配られません。

珠莉は「お兄ちゃん、お姉ちゃんがいない子」と先生が言われたとき、手を挙げませんでした。自分には同じ小学校の四年生に、お姉ちゃんがいると信じているからです。

すると先生が「佐藤珠莉さん、あなたにはいないでしょう。手を挙げなさい」と。

珠莉はこのことにショックを受けて帰ってきたのです。

「ママ、愛梨お姉ちゃんは四年生にいるよね」

泣きながら私に訴えかけます。

「いるでしょう?」

「うん、いるよ」

私は珠利に、「愛梨は一緒に生きている」と言って育ててきました。いえ、私が言うまでもなく、珠莉の中では愛梨がずっと一緒に生きつづけています。

そんな珠莉にとって、「珠莉さん、いないでしょう。手を挙げて」と、クラスのみんなの前で言われたことがショックだったのです。

私には四年生のお姉ちゃんがいるのに。

その日は帰宅してから泣きどおしでした。私は担任の先生に「うちの事情はご存じと思いますが、今後は『きょうだいがいない』というようなことはおっしゃらないでいただけますか」とお願いしました。

こんどおしえてね

愛梨の将来の夢は、キャスターになることでした。七夕の短冊には「ママみたいになりたいです」と書いてくれたこともありますが、ニュースを読む女性アナウンサーに憧《あこが》れていたようです。

それを珠莉も知っていました。そのためか今、珠莉も「キャスターになりたい」と言っています。愛梨がかなえられなかった夢を、自分がかなえられるのなら――と思っているのではないでしょうか。

これは震災から五年後の二〇一六年三月、珠莉が愛梨に書いた手紙です。

《おねえちゃんへ
元気ですか。じゅりは、元気だよ。じゅりの心の中では、おねえちゃんはやさしくてあこがれのおねえちゃんでした。いつもじゅりの心の中で「もうすぐままの誕生日だね」「おやすみ」とかいっているの聞こえる？

いまじゅりは学校で国語をがんばっているよ。字がきれいになりたいから。じゅりのしょうらいのゆめはキャスターだよ。

おねえちゃんは今なにになりたいの？　こんどおしえてね。

大好き♡　じゅりより》

いつも手紙を書いている珠莉。愛梨のためにサンタクロースに宛てて「私と愛梨お姉ちゃんの人形を世界中に一緒に旅行させてほしいです」と書いた珠莉は、その経過報告も忘れていませんでした。これも震災から五年後のころの手紙です。

《愛梨お姉ちゃんへ
元気？　じゅりは、元気だよ。
クリスマスまえに、サンタさんが、お姉ちゃんとじゅりのお人形をもっていってくれて、せかい中につれて行ってくれたね。
サンタさん、たくさんしゃしんとってくれているかな？　楽しみだね。
大好き♡
ＪＵＲＩより》

3

ふたりの
せかいりょこう

世界一周へ

小笠原直美さんをはじめとする「ガーネットみやぎ」の方々が、事務局として人形の世界旅行やフォトブックの製作を引き受けてくださったおかげで、「あいり&じゅり姉妹の世界旅行記プロジェクト」が動き出しました。

おかげさまで全国から、たくさんのご協力のお申し出をいただき、二体の人形はいろいろな国へ旅立ちます。

皆さん、私とは何のゆかりもない方々です。まったく存じ上げない方々であるにもかかわらず、人形を連れて行ってくださいます。ご旅行に行かれるついでに、というお気持ちなのかもしれませんが、それなりの大きさの人形ですし、ご自分たちが旅先で楽しまれているときでも人形のことを気にかけ、写真も撮らなければなりません。ご協力いただく皆さんにとっては、利点のないことだと思います。

見も知らない珠利のために、善意だけで二体の人形を海外に同行してくださる。その思いに、人の温かさを感じます。「ありがたい」の言葉に尽きます。

ご協力者には事前に「ガーネットみやぎ」の方が面談されますので、私はお会いしていません。ただ、事務局から「今度、人形を持っていってくださるのはこの方ですよ」と、お写真やご連絡先を教えていただくので、「よろしくお願いします」とお電話を差し上げたりはします。

例外として、同じ宮城県内の仙台白百合《せんだいしらゆり》学園小学校の生徒さんたちが、オーストラリアへ語学研修に行かれるとき、その出発式でお見送りをしたことがあります。二〇一六年七月一七日です。生徒さんたちは六年生で、愛梨と同学年でした。

結果的に「あいり」と「じゅり」の人形は、二五組のご協力者のおかげで、二〇の国と地域を旅することができました。その世界旅行の写真は一冊の素敵なフォトブックとなって、珠莉の手に届けていただきました。

こうして二〇一六年のクリスマス、「あいり&じゅり姉妹の世界旅行記プロジェクト」は完了します。

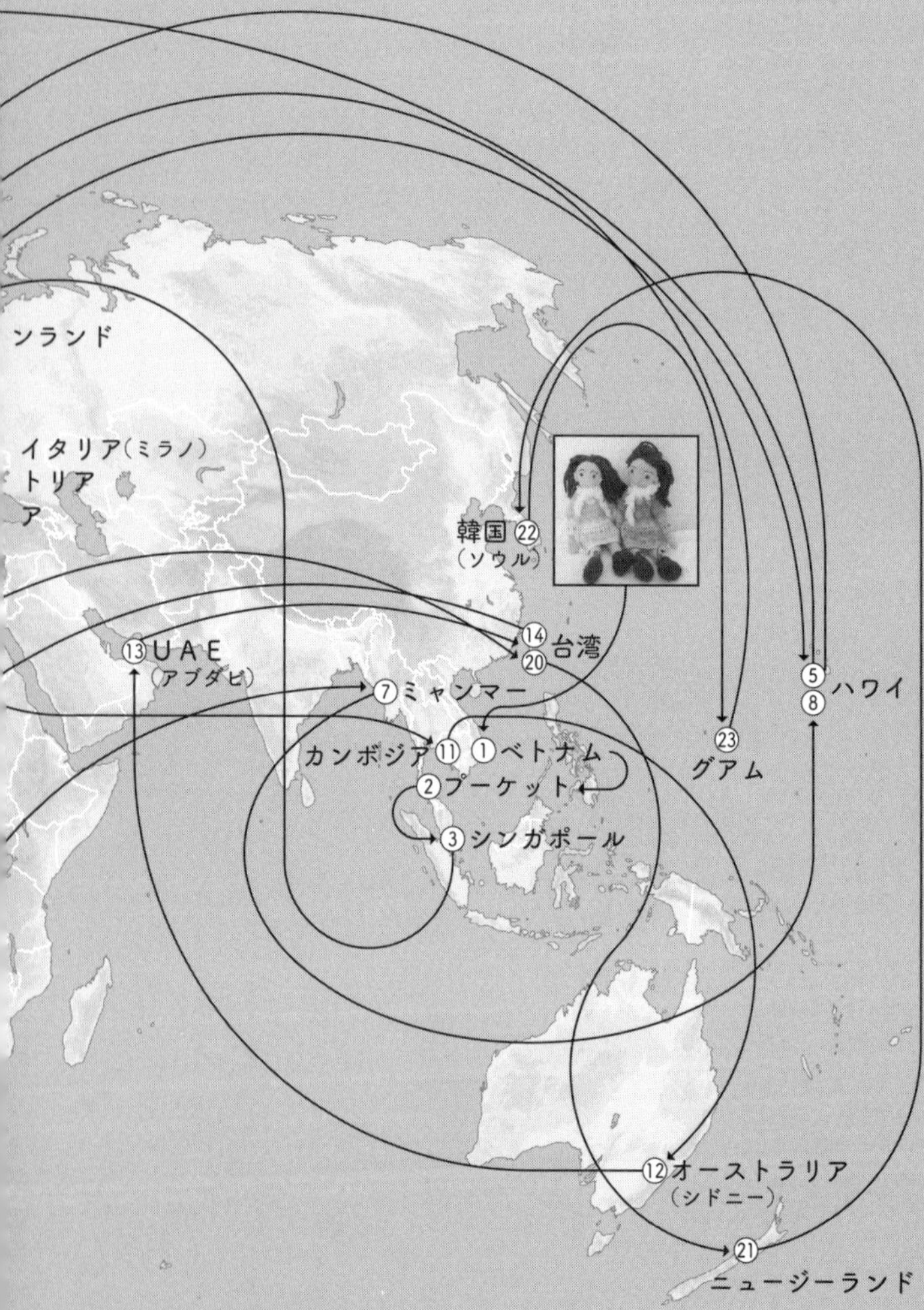
ンランド
イタリア（ミラノ）
トリア
ア
韓国㉒
（ソウル）
⑭台湾
⑳
⑬UAE
（アブダビ）
⑦ミャンマー
⑤
⑧ハワイ
カンボジア⑪
①ベトナム
②プーケット
③シンガポール
㉓
グアム
⑫オーストラリア
（シドニー）
㉑
ニュージーランド

【せかいりょこうMAP】

（2015年12月～2016年11月　　　　渡航順）

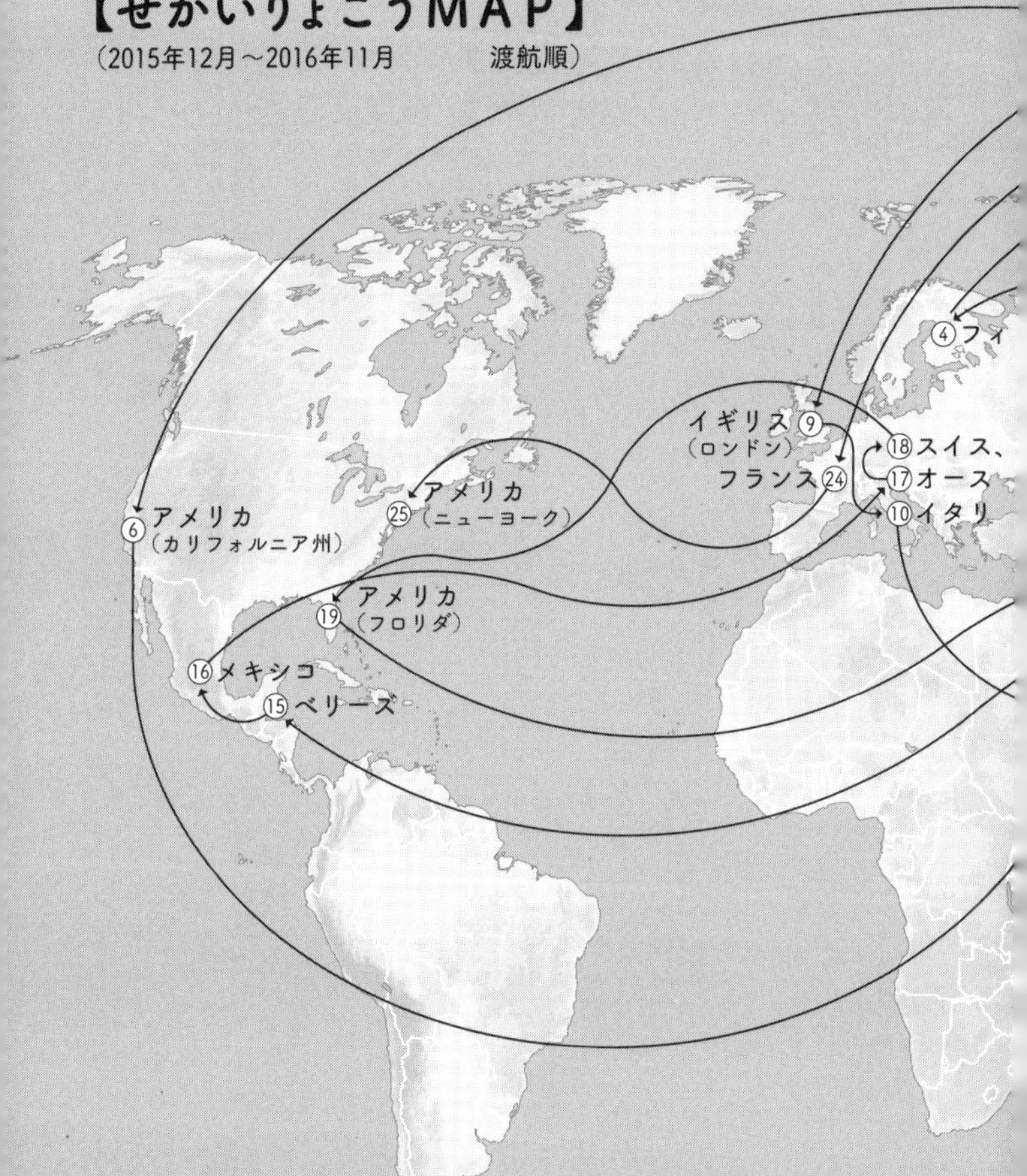

「あいり&じゅり姉妹の世界旅行記プロジェクト」に協力された方から寄せられたコメントを以下に掲載します。（編集部／順不同・敬称略）

〈イタリアへ〉　藏本光昭

テレビでプロジェクトのことを知りました。二〇一六年三月末から四月にかけて、妻と六泊八日のイタリア旅行を予定していましたので、大袈裟ではなく「お手伝いできるかな」くらいの気持ちで事務局にメールを送りました。私たち夫婦は仙台市に住んでおり、石巻は地元です。また孫が四人いるのですが、いちばん上の子が、亡くなった愛梨ちゃんと同い年なのです。

出発便では驚いたことに、サッカーの長友佑都《ながともゆうと》さん、本田圭佑《ほんだけいすけ》さんと乗り合わせました（編集部注／口絵参照）。アリタリア航空の「マニフィカ」というビジネスクラスです。お二人とも窓際で、前に長友さん、その後ろに本田さんがお座りでした。私と妻が図々しいことを承知で、新聞記事の切抜きを手にプロジェクトについてご説明し、「人形を持って、写真を撮らせていただけますか」とお願いしたところ、お二人にご快諾《かいだく》いただいた次第です。

イタリアではミラノ、ローマ、ナポリ、フィレンツェなど有名観光地を回り、その都度《つど》お人形さんの写真を撮りました。

〈ベリーズ、メキシコへ〉　三宅規子

東日本大震災では何もボランティア活動ができなかったので、この企画なら参加できると思いました。

プロジェクトを知ったのは、二〇一六年三月に放映されたテレビのニュースです。三月の時点でベリーズとメキシコに行くことが決まっており、あまり日本人が行かない国なので、是非ともお人形を一緒に連れて行きたいと、NPO法人「ガーネットみ

やぎ」のホームページから応募しました。

ベリーズとメキシコは二度目です。少し余裕を持って行けるので、人形が一緒でも大丈夫だと思いました。

ベリーズでは、前回利用した現地旅行会社の方と事前に連絡を取り、人形を持参した場合、写真撮影のために時間を取るなど、協力していただけるかを確認しました。現地の担当者さんもこの企画に賛同してくださり、協力が得られることが分かりました。このことも人形を連れて行こうと思った大きな要因です。ベリーズは小さく、まだ発展途上ですが、自然が豊かで美しい国です。しかも震災時には、この小さな国の人たちからも精一杯の募金を受けていたのです。そんな国に人形を連れて行きたいと思いました。

ヒューストン乗換えで、ベリーズに到着します。珊瑚礁《さんごしょう》保護区にある有名な「ブルーホール」でシュノーケリングを行なっていたときのことですが、ボート上で海外の方から「なぜ人形と一緒に写真を撮っているのか?」と問われ、つたない英語でこのプロジェクトのこと、愛梨ちゃんのことなどを伝えました。べリーズの次に渡ったのはメキシコのカンクンです。

この旅行では海に行く機会が多いため、人形のために夏らしい服を準備したいと考えて作製しました。また、おそらくパンツスタイルの服を持っていないと思いましたので、その衣装も取り入れました。旅行中も、次の日に出かける予定の場所に合わせた衣装とヘアスタイル、アクセサリーを考えることがとても楽しかったです。いつもの旅行が一味も二味も変わった印象でした。

〈オーストリアへ〉　猪俣和子

私は東北の山形県出身です。峠を越えれば仙台で、東日本大震災を他人事《ひとごと》のようには思えません。フェイスブックで東北関係のページを見ていたときに、たまたま「ガーネットみやぎ」の記事を目にしました。

震災復興のボランティアをしたくても、その方法が分からず、現地に行っても足手まといになるだろうと、寄付金くらいしかできませんでした。私は音楽が趣味なのですが、もっと自分にできることはないかと模索している中で、プロジェクトを知ったのです。旅行なら好きですから、協力できます。

二〇一六年六月、父と主人と私、三人でドイツとの国境にあるツークシュピッツェに登りました。もちろん「あいり&じゅり」の姉妹人形も一緒です。

帰国後、お母様の佐藤美香さんに、次のような内容のお手紙を書きました。

お子さんを失われた悲しみは想像を絶します。気を落とさず、珠莉ちゃんを大切になさってください。私がご協力させていただいたことは、珠莉ちゃんという一人の女の子のためかもしれませんが、その一人の女の子の成長に携《たずさ》われたなら、人と人とのつながりとして、うれしいかぎりです。

〈アメリカへ〉 熊田泰子

「読売新聞」の記事を読みました。女の子が人形を海外に連れて行かせたがっている

UAE（上）
グアム（下）

ベトナム（上）
カンボジア（下）

という内容です。読者センターに問い合わせたところ、事務局が「ガーネットみやぎ」であることをご紹介いただき、早速メールをしました。

私は京都府在住です。宮城県は遠いので、旅行の詳細や日程について、もっぱらメールでやりとりをしました。お人形の受け渡しなども「ガーネットみやぎ」とつながりのある、大阪で活動される方にしていただいたのです。

旅行先はディズニーランド。主人と二人です。お人形をディズニーのキャラクター柄のバンダナにくるみ、ディズニーランドに入りました。ただ、そこで「写真をどうしよう」と、ちょっと迷いました。ディズニーは著作権保護に厳しいことで知られています。キャラクターとお人形を一緒に撮ろうとしたら、内規に触れるのではないかと心配になりました。

しかし、その心配は杞憂《きゆう》でした。お人形をベンチに置いておいたら、ドナルドダックのガールフレンド、デイジーダックがお人形を見つけ、「私と一緒に撮らないの？」と。お人形を抱っこして撮るのはＯＫだったのです。私もお人形を抱っこしたデイジ

3――ふたりのせかいりょこう

オーストリア（上）
韓国（中）
グアム（下）

アメリカ（上）
オーストラリア（下）

ーと撮ってもらいましたが、私の部分はフォトショップで消せますし（笑）。

〈台湾、ニュージーランドへ〉 渡辺弘恵

もともと佐藤美香さんとは知り合いです。二〇一六年の七月ごろ、このプロジェクトを知り、「ガーネットみやぎ」へご連絡しました。私は八月に仕事の関係で台湾への出張があり、娘も同じ八月、ニュージーランドのマッセー大学に短期留学する予定でした。

私は親族が七人、東日本大震災で亡くなっています。残された者の悲しみを共有できるつもりです。誰かに寄り添うことで、何かが変わるかもしれない。そんな思いでプロジェクトに参加を希望しました。娘は震災報道で地元紙の記者さんが活動されるのを見て、新聞記者を志望するようになりました。将来、ジャーナリストになる夢を実現するための留学です。私と娘、二人で「愛梨ちゃんにも留学体験させてあげたい」と話し合いました。

フィンランド（上 ©Akiya Tamba）　ニュージーランド（下左）　アメリカ（下右）

私は台湾への出張中、人形を持ちっぱなしです。とにかく放《ほう》っておけません。お取引先の方に「この人形は何?」と聞かれましたが、事情を説明すると、お分かりいただけました。二体の人形と小籠包《しょうろんぽう》のテーブルを囲んで写真を撮りました。

〈フィンランドへ〉　岩佐史絵

二〇一五年一二月の「河北新報」の記事「震災で姉とお別れ　サンタに託した少女の願い」が転載された「東京新聞」を読み、珠莉ちゃんの願いを知りました。私はトラベルジャーナリストという職業柄、年間に十数回、海外へ行きます。記事を読んだ時点での直近の渡航先がフィンランドでした。そこで人形をサンタクロースに会わせてあげようと、「サンタクロース村」のあるロヴァニエミも予定に加えたのです。

行く先々で「人形を持ってどうしたの?」と聞かれましたが、ひとたび事情をお話しすると、人形を人として接してくれます。フィンランド航空(フィンエアー)のCAさんが人形に子ども用のミールやおもちゃを出してくれたり、マイナス三〇度を超える現地では熱いお茶が人形にも振る舞われたり。サンタクロースは人形に「よく来たね」と話しかけてくれました。とても気持ちのよい国であり、人々です。

この人形の旅は、もともと珠莉ちゃんのサンタクロースへのお願いから始まったものです。お力添えになれればと思い、その後、私は珠莉ちゃん本人がサンタクロースに招待されるかたちでフィンランドに行けるよう、コーディネート役として関係各方面に働きかけました。その結果、ロヴァニエミ観光局やVisit Finland《ヴィジット フィンランド》（フィンランド政府観光局）のご協力で、二〇一六年一一月、珠莉ちゃんはサンタクロースとの面会を果たしました（編集部注／本文134ページ参照）。

〈オーストラリアへ〉 浦和レッドダイヤモンズ チームマネージャー 水上裕文

「めざましテレビ」（二〇一六年三月一一日放映）を見て、このプロジェクトを知りました。胸が締《し》めつけられ、涙が出る思いでした。海外に行くことが多いので、個人として、また浦和レッズとして何かできることがあるのではと思い、すぐ会社に相談しました。

クラブは四月二〇日に、アジアチャンピオンズリーグ一次リーグ第五節の試合でシドニーFCと対戦するため、オーストラリアへ遠征する予定がありました。そこに姉妹の人形を連れて行き、スタジアムで浦和レッズを応援していただければ、と思ったのです。日程的に無理なら機会をあらためてもいいと考えていました。

幸い、事務局のご協力で日程も折り合い、出発前の四月一七日には大原《おおはら》サッカー場で出発式を行ないました。式にはクラブを代表して武藤雄樹《むとうゆうき》選手が出席し、そこで人形を受け取りました。武藤選手は震災時、ベガルタ仙台に所属しており、被災地への思いも深いのです。このプロジェクトがより広まることを願い、二人の人形に楽しい旅をさせたい。そんな思いで出発しました。

人形は文字どおりクラブと〝帯同《たいどう》〟です。シドニー到着後、試合前日の公式練習ではスタジアムに、試合中は観客席に、試合後にはピッチで選手たちと写真を撮り、その後も選手ベンチに着席して選手と記念撮影をしました。

（上）ニューヨーク
（下）浦和レッドダイヤモンズ・武藤雄樹選手

クラブはこの試合をドローで終えた結果、決勝トーナメント進出を果たし、四月二一日に帰国します。私たちとオーストラリアに渡った人形ですが、愛梨ちゃんと珠莉ちゃんが喜んでくれれば、それだけでいいと思っています。

〈ニューヨークへ〉　EXILE HIRO

今回、ご縁があり「世界旅行記プロジェクト」に賛同させていただきました。

僕は残念ながらこの期間内に行くことができなかったのですが、お人形はLDHのアーティストとともに、EXPGというLDHが運営するダンススクールがあるニューヨークへ旅をしてまいりました。

珠莉ちゃん、ご家族の皆さんの温かい想いが、愛梨ちゃんへ届くことを願っています。

そして、このプロジェクトに参加させていただいたことで、僕たちの想いも天国の愛梨ちゃんへ届けられたら幸いです。

人形は旅行中

珠莉には「あいり&じゅり姉妹の世界旅行記プロジェクト」は秘密です。珠莉の「サンタさんへのお願い」をかなえてあげようと、じつに多くの方々が思いを寄せてくださっているのです。そのお気持ちに報《むく》いるためにも、内緒にしておかなければなりません。

とはいえ、新聞でこの取り組みの途中経過が紹介されたり、インターネット上でも発信されたりします。情報を完全に遮断《しゃだん》することはできません。そのため珠莉の周囲でも「お人形さんは今、旅をしているね」などとおっしゃる方がいて、珠莉は「う〜ん、何で知っているんだろう?」と不思議に思うことがあるようです。

もちろん珠莉にしてみれば、自分がサンタクロースにお願いの手紙を書いたことで人形が届き、次の手紙でその人形が自宅からいなくなったのですから、サンタクロースが世界中に連れて行ってくれているものだと信じています。

人形の世界旅行について、何かの情報を聞いたり見たりするたびに、「ママ、人形はサンタさんが連れて行ってくれているんだよね?」と私に確認を求めますので、私も「うん、そうだよ」と答えます。

また、小学生も中学年になれば、サンタクロースの存在を信じない子どもがいてもおかしくはありません。ある日、珠莉がおずおずと言います。

「ママ、友だちがね、サンタさんはいないって……」

そのとき私は、ちょっと知恵を働かせて答えました。

「珠莉、サンタさんは、信じている人にしか見えないんだよ」

「そっか」

珠莉は安心してくれたようです。

私が珠莉の年齢のころは、サンタクロースに手紙を書かなければプレゼントをもらえない、ということを教えられませんでした。ですから、手紙の文面を思案することもありません。クリスマスプレゼントは、お菓子が入ったブーツでした。そんな話を珠莉にすると、「かわいそう、この人」という目で私を見ることがあります。それほど純粋に、珠莉はサンタクロースの存在を信じているのです。

サンタさんに会えますように

二〇一六年の夏、珠莉はまたサンタさんへの手紙に悩みはじめます。

「今年のクリスマス、サンタさんは写真をくれるかなあ」

人形が世界旅行をする写真をください、と前の年にお願いしました。すると今回は何をお願いしたらいいのか。再度、写真をお願いしていいものか。それとも、写真のことは前年のお願いに含まれているのか。今年は新しいお願い、リクエストをするべきなのか。夏の時点で手紙の内容を考えていました。

そんな珠莉を気にかけていたのですが、九月に入ったある日、インターネットで調べものをしていた私の目に「フィンランドから届く　サンタさんからの手紙」というページが飛び込んできました。日本郵便のサイトだったと思います。

そこには、サンタクロースへの手紙が九月一日から受付開始されるという内容と、その手続き方法が載《の》っていました。九月一日はとっくに過ぎています。早速、珠莉に教えてあげました。

「サンタさんへのお手紙が受付開始されているよ。もう書いていいみたいだよ」

珠莉は「ええっ」と慌てて、「じゃあ、私も書かなきゃ」。

例年なら、サンタクロースへの手紙を書きはじめるのは冬ですが、急いで書き上げたようです。

《サンタさんへ
わたしは、サンタさんに会ってみたいので、前のクリスマスにおねがいしたお姉ちゃんとわたしのお人形さんのしゃしんをサンタさんからもらいたいです。その時にサンタさんとたくさんおしゃべりしたいです。
サンタさんに会えますように。
やさしいサンタさんに会いたいです。♡
佐藤珠莉》

これで珠莉の願いが、サンタクロースに会うことであり、その際、前の年に頼んだ「人形の世界旅行」の写真を受け取ることだと分かりました。サンタクロースが写真を届けに来てくれるはずだから、そのときに会ってお話がしたい、と。

二年前は「お姉ちゃんと私とサンタさんの人形が欲しい」、その次の年が「人形を海外旅行させて記念写真が欲しい」でした。そして今度は「サンタさんに会って写真が欲しい」です。また親としての悩みが生まれます。しかし、そこに思わぬ助け舟が現われました。

「人形の世界旅行」の初期段階からお力添えをしてくださっている、岩佐史絵さんです。岩佐さんに珠莉の手紙についてお話しすると、「じゃあ、よかった」とおっしゃいます。岩佐さんは私たちの知らないところで、珠莉をサンタクロースに対面させてあげようと、ご自身でさまざまに動いてくださっていたのです。

フィンランドへ

岩佐さんのプランは、珠莉と私をフィンランドの「サンタクロース村」へお連れくださるというものでした。しかもサンタクロースが招待する、というかたちで。そのために岩佐さんは、フィンランド政府観光局（Visit Finland）などに働きかけてくださいました。そのおかげで、一〇月のなかばごろにはフィンランドにご招待していただけることが決まりました。出発は一一月二七日です。

経緯《いきさつ》をご存じない方から見れば、大人たちが珠莉のためにお膳立《ぜんだ》てしたように映るでしょう。しかし、これは偶然に偶然が重なったうえでの産物です。岩佐さんが考えていらしたことと珠莉の思いが、たまたまタイミング的に合ったのです。珠莉と私はありがたく、岩佐さんのご厚意に甘えることにしました。

その後、サンタクロースから郵便で招待状が届きました。珠莉が開封すると、その文面は英語で読めなかったのですが、自宅にはいつも珠莉に会いに来てくださる「河北新報」の記者さんがお越しで、訳してくださいました。

サンタクロース村の切手がたくさん貼られていましたので、珠莉も何となくサンタクロースからの手紙ということは感づいていたでしょう。でもまさか招待状とは思いません。記者さんが帰られたあと、「サンタさん、珠莉の手紙を読んでくれたのかな。うれしい」と、喜びを爆発させていました。もっとも、「学校を休まなければいけないけど、大丈夫かな」と、子どもながらに心配していましたが。

珠莉にとっては初めての海外旅行です。じつは私も初めてでした。さらに、主人が初めて行った外国もフィンランドです。主人は製紙会社に勤務する関係上、製紙業のさかんなフィンランドで仕事があり、出張することになったのです。愛梨に英語を習わせていたころです。

主人はフィンランド出張から帰るなり、こう言っていました。

「愛梨が留学したいと言ったら、俺はフィンランドに行かせたい」

環境が素晴らしく、留学制度も整っているということです。そのフィンランドに珠莉と私は招待していただきました。これで私たち家族全員、初めての海外がフィンランドになります。もちろん愛梨も一緒に出発します。


フィンランドへは、岩佐さんや「ガーネットみやぎ」の小笠原さんが同行してくださいました。ヘルシンキで飛行機を乗り継ぎ、「サンタクロース村」のあるロヴァニエミに到着します。目的地はサンタクロース・オフィスです。建物のいちばん奥の部屋にサンタクロースがいるということです。

珠莉はとても緊張していました。サンタクロースの部屋にたどり着くまではミュージアムのようになっていて、クリスマスの時間を調節するという時計などを見学できるのですが、珠莉はそれらを見ずに、スタスタとサンタクロースの部屋へ歩いていき

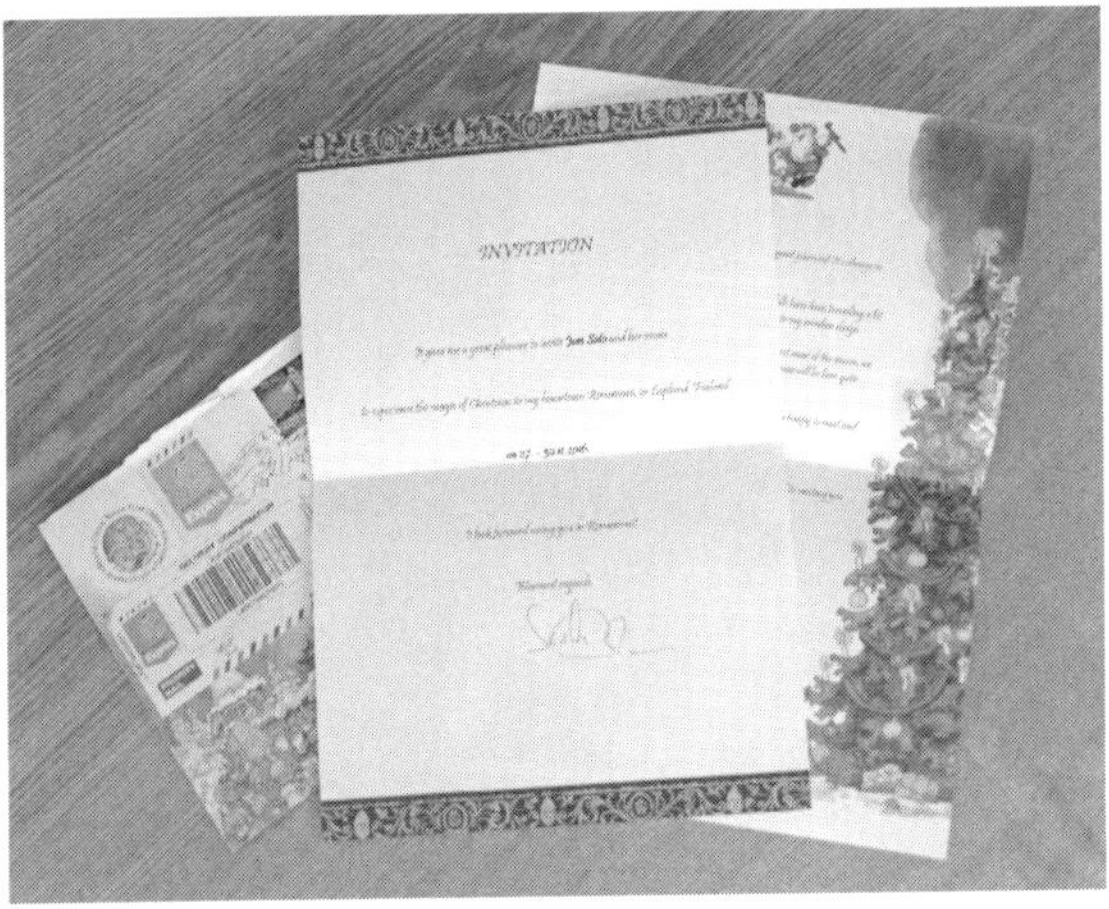

サンタクロースからの招待状。「珠莉とママに
クリスマスの魔法を経験させてあげたい」と書かれていた

ます。

扉を開けると、サンタクロースがいました。それを目にした珠莉の足はピタッと止まり、微動だにしなくなりました。サンタクロースが「こっちにおいで」と手招きしてくれても、動けません。憧れのサンタさんに会えて、緊張のあまり体が硬直したようです。

ようやくサンタクロースの横に座ったかと思えば、今度はサンタクロースの顔をまともに見られず、一言もしゃべれません。サンタクロースは日本語のお上手な方で、いろいろと日本語で質問してくれるのですが、珠莉はうつむいたままです。

どうにか「お人形の写真をもらえますか」と切り出すと、サンタクロースは「クリスマスの日に届けるよ」と約束してくれました。

また会えますか？

サンタクロースと対面できる時間も終わりに近づきました。そこで珠莉は、日本で一所懸命に覚えてきた英語をサンタクロースに伝えます。

「キャン・ユー・シー・ミー・アゲイン？（Can You See Me Again?）」

また会えますか——でもそれが、やはり緊張のせいか小声で、しかも早口だったため、サンタクロースが聞き取れません。私が「ゆっくり大きな声で」と囁《ささや》いて、もう一度同じことを珠莉が言うと、サンタクロースも理解できたようです。

「会えるよ。トナカイと一緒に、夢の中でね」

優しく答えてくれました。そして部屋の片隅を指差します。

「あっちを見てごらん」

サンタクロースが示す先には、「あいり」と「じゅり」。二体の人形が仲よく座っていました。

日本に帰ってから、珠莉は愛梨に手紙を書きます。

《サンタさんに会ったよ。

たくさん雪がふっていたよ。

雪でたくさんお姉ちゃんとあそんだことを思い出したよ。》

4

人の思い

ピンクのギフトボックス

二〇一六年のクリスマスがやって来ました。私は小笠原さんからいただいたピンク色の大きなギフトボックスを、珠莉の枕元に置きます。

朝、私はわざと珠莉の布団《ふとん》の上にいて、「珠莉、何かあるよ」と声をかけました。すると珠莉はボックスを見るなり、「あーっ」と声を出しながら飛び起きました。急いで赤いリボンをほどいてボックスを開け、「わーっ、サンタさんからだあ」と大はしゃぎです。でもボックスの中を見ているうちに、鼻血を出してしまいました。もともと鼻血が出やすい子なのですが、よほど興奮したのでしょう。すぐにティッシュを渡しました。

ボックスには、「あいり」「じゅり」の人形が世界旅行をしている写真や、珠莉と私が「サンタクロース村」で撮影していただいた写真がきれいにデザインされた、素敵で立派なフォトブックが入っていました。珠莉が《たびをしたときの人形のしゃしん

クリスマスに届いたギフトボックス。
手前右側にあるのが人形の世界旅行を記録したフォトブック

をいっぱいとってきて、きねんにほしいです》と手紙に書いたお願いが、本当にかなったのです。

さらに、人形が世界旅行で着たお洋服や、ご協力者の方が現地で買ってくださったアクセサリーなどのお土産《みやげ》がぎっしり詰《つ》まっていました。「サンタクロース村」の北極圏を越えたという証明書や、お人形さん用のパスポートまであります。

そして「あいり」の人形が一体。

なぜギフトボックスに人形が一体だけ入れられていたのかというと、「サンタクロース村」での出来事をご説明しなければなりません。

珠莉と私がお招きいただいたサンタクロースの部屋には、人形が二体ありました。人形がサンタクロースと旅をしてきた証拠です。

そのとき、サンタクロースが珠莉に、ちょっと意地悪な質問をしたようなのです。

「わしはこの二人と旅をしてきて、すごく楽しかった。この二人が大好きになった。珠莉、この二人を珠莉が一緒に日本へ連れて帰るか、それとも二人ともここにいさせるか、どっちがいい？」

どういう話の流れか、二者択一を迫られたのです。珠莉は返事に困ってしまいました。もちろん自分は二体とも連れて帰りたかったのですが、サンタクロースも人形と約一年間の旅をしてきて、思い出があるだろうし、「大好きになった」とも言っています。サンタクロースへの遠慮から、珠莉は「二人とも私が一緒に連れて帰ります」と言えなかったようなのです。

すると、サンタクロースなのか、同行していたどなたからなのかは記憶にないのですが、「だったら二人のお人形を、サンタさんと珠莉とで一人ずつにする?」という提案が投げかけられました。珠莉は、それなら自分も一体は連れて帰れるし、サンタさんにも一体が残るから寂《さび》しくないだろうと考えたようで、「一人ずつにする?」との提案に同意しました。

そしてサンタクロースから、どちらの人形を連れて帰るのか聞かれた珠莉は、「私はお姉ちゃんと帰ります」と答えます。ところが「どっちがお姉ちゃんかな? こっちだね」と差し出された人形は、「あいり」ではなく「じゅり」のほうでした。お姉ちゃんはサンタクロース村に残ることになってしまいました。

珠莉も、憧れのサンタさんが渡してくれた人形ですから、「あいり」だと思い込み、周囲の私たちも同様に受け取っていました。でも、逆だったのです。

帰ってきた「あいり」

フィンランドを発《た》つ日、珠莉は泣いていました。

本当は二体とも一緒に日本へ帰りたかった。けれど、サンタさんは人形が好きになったと言っている。サンタさんを思いやって、一体を置いてきてしまった。やはり珠莉は、姉と妹が離れ離れになり、寂しかったのだと思います。

私は珠莉に問いかけました。

「サンタさんは年に一回、プレゼントを渡しに来てくれるでしょう。だからサンタさんは、年に一回は二人のお人形さんに会えるんだよ。サンタさんが来てくれるように願っていれば、きっとプレゼントと一緒にお姉ちゃんのお人形さんも連れて帰ってきてくれるんじゃないかな」

珠莉は素直に受け入れます。

「そうだね。じゃあ、そうしたいな。クリスマスの日にお人形さんが帰ってくるといいな」

そしてクリスマス、「あいり」はギフトボックスで帰ってきました。フォトブックにはサンタクロースの言葉で、こんなメッセージがありました。

《クリスマスまで、いつもサンタクロース村は大忙しなのだけれど、今年は村に残った愛梨ちゃんがよく手伝ってくれたおかげでとても助かったんだ。そして、最後にひとつ、彼女に重要なお使いを頼んだよ。「石巻へ、プレゼントを届けてきてね」と。ちゃんと珠莉ちゃんの手元にも、このフォトブックが無事に届いていることと思う。》

珠莉はフィンランドから連れて帰ってきた「じゅり」の人形を、枕元にずっと寝かせていました。サンタさんがいつ来てもいいように、会えるように、と寝かせていたのです。

「あいり」が帰ってきて二人一緒になったので、「よかったね」と喜んでいました。

花は咲く

二〇一五年五月二七日、私は知人と三人で愛梨の被災した現場を歩いていました。かさ上げ工事で整地が進んでいます。

そこに、可憐《かれん》な白い花が咲き誇っていました。フランスギクの一種だそうです。工事用の三角コーンの間からも茎《くき》と葉を伸ばし、花が咲いていたのです。

こんなところに花が咲いている。白い花が。

梨の花も白い――まるで愛梨が、「ここにいるよ」と語りかけてくれるように、花は風にそよいでいました。

被災現場にご一緒した美術家の菅原淳一《すがわらじゅんいち》さんが、その中の一輪を手折《たお》り、お持ち帰りになりました。菅原さんはご自宅でその一輪を挿《さ》していらっしゃいましたが、根のない状態の花ですから枯《か》れてしまいます。そのまま捨てるのはしのびない、とプランターに戻されました。土に還《かえ》してあげたそうです。

すると、枯れたはずの一輪から芽が出てきました。菅原さんは水をやり、やがてつぼみが膨《ふく》らむくらいにまで育ちます。菅原さんがおっしゃるには、深夜、目が覚《さ》めたときに見たところ、つぼみの部分が青く光ったのだそうです。「何だろうな。何か光っているな」と思いながらも眠られましたが、朝、起きると花が咲いていたということです。

かさ上げ工事の関係で、被災現場の花はなくなりました。しかし一輪だけ摘《つ》み取った白い花が咲き、その生命力で苗《なえ》を増やしていきました。

この花には「あいりちゃん」という名前をつけていただきました。菅原さんは「あいりちゃん」を通じ、「アイリンブループロジェクト」という活動をされています。アートや映画製作もプロジェクトとして取り組んでいらっしゃいます。花は手をかけなければ育ちません。花を育てることによって命の大切さを未来につなぎ、命が失われた震災を忘れないよう、少しでも意識を高めていただければ、という思いで「あいりちゃん」を広めてください。

私も、このプロジェクトのお手伝いをさせていただきつつ、二〇一五年からは「語り部」の活動を始めました。「日和幼稚園遺族有志の会　子どもの安全を考える」のフェイスブックを通じて情報発信し、さまざまな方を被災現場にご案内して、お話ししています。

被災現場では、手を合わせる場所もなくなりました。でも、伝えなければ忘れられてしまいます。震災の記憶を風化させてはならないのです。

ずっとずっと一緒にいてね

「あいり&じゅり姉妹の世界旅行記プロジェクト」には、本当にさまざまな方々から思いを寄せていただき、ありがたい気持ちでいっぱいです。

人の思いは、それが強く、純粋であるかぎり、いつか形になるということを知りました。

珠莉が愛梨を純粋無垢《むく》に思いつづけてサンタクロースに書いた手紙。その願いをかなえてあげようと支えてくださった方々の思いが実を結び、「あいり」と「じゅり」、二人の人形の世界旅行は、一冊のフォトブックという形あるものになって、珠莉が大切にしています。

見ず知らずの愛梨、珠莉のために心を砕《くだ》いてくださった皆さんには、感謝の言葉しかありません。「ありがとう」と伝えさせてください。愛梨が短い生涯の最期《さいご》に、バスの中でうたった歌のように。

いつか珠莉が大人になり、サンタクロースが人形を連れて行ったことが、じつは善意の虚構と知ったとき、ご協力者の方々のお写真を珠莉に見せて話そうと思います。

この人たちがサンタさんなんだよ――と。

二〇一六年一二月一七日、「アイリンブループロジェクト」の一環で、愛梨と珠莉をモデルにした短編映画の完成披露試写会が行なわれました。「ふうせん　ふふふ、

そら　ららら」という作品です。
その席で珠莉が朗読させていただいた手紙をご紹介します。

《愛梨お姉ちゃんへ

お姉ちゃんは、元気ですか？　珠莉はすごく元気だよ。友だちとは、なかよく遊んでいる？　珠莉は、友だちとなかよく楽しく元気いっぱいに遊んでいるよ。珠莉は、お姉ちゃんがいなくなってすごくかなしかったよ。またお姉ちゃんと会いたいなあ。だけど心の中では、ずっと一緒だよ。

もしお姉ちゃんがいたら、ママのおつかいができるし、おべんきょうも教えてもらえたと、ときどき思ったりするよ。お姉ちゃんがいてくれるだけで、珠莉の世界が変わっていたよ。どんなにどんなにお姉ちゃんがいたらいいかといつも思うよ。

ほかのお友だちはきょうだいがいて、いっしょにお出かけをしていたり、おつかいをしている所を見ると、いいなあ、と思ったりするよ。
　きょうだいがいると遊んだり、けんかをしたり、ないたり、おこったり、わらったりできていいなあ、と思うな。
　だけどお姉ちゃんと一緒にいた時は、すごくなかがよかったね。一緒にごはんを食べて、一緒に遊んで、一緒にわらったりしたね。ごはんは、ママが手作りしてくれたハンバーグがおいしかったね。これからもずっとずっと一緒にいてね。お姉ちゃんのことずっとずっと大大大好きだよ。

大好きだよ。

珠莉より》

ずっと一緒だよ

SPECIAL THANKS

「あいり&じゅり姉妹の世界旅行記プロジェクト」には、姉妹人形の渡航やクラウドファンディング、フォトブックの製作などを通じ、以下の方々にご協力をいただきました。厚く御礼申し上げます。

（著者／事務局）

小向伸　キャメルングループ　遠藤綾子
トラベルジャーナリスト 岩佐史絵　中原むつき
mamabear　北島直翔・濱崎ひかる　玉井和紗
藏本光昭　浦和レッドダイヤモンズ　りき&なお
宇津宮明美・葉正緯　三宅規子　猪俣和子
宮本麻菜美仙台白百合学園小学校　大竹美保
渡辺萌香　渡辺弘恵　齋藤実花　佐々木浩明
田中利恵　株式会社 LDH
一般社団法人こころスマイルプロジェクト
Takuro Kurosawa　松井聖人　丹葉暁弥
松永安浩　スタイル・リミックス 明戸なぎさ
株式会社 epi&company 代表取締役 松橋穂波
株式会社ソーケン　KDDI 株式会社 東北総支社
有限会社エコー商事　齊藤祐也　野瀬香織
小畑祥子　武田智成　小笠原啓太　東野英介
熊谷恵津子　熊谷正宏　八重樫司　上田俊孝
松下康一　村山正宗　会津元一
学校法人横浜平成学園平戸幼稚園 小笠原裕
Visit Finland　橋本遼

（順不同／敬称略）

ＪＡＳＲＡＣ（出）１７０１７７４７－７０１
協力／特定非営利活動法人　ガーネットみやぎ

切りとり線

★読者のみなさまにお願い

この本をお読みになって、どんな感想をお持ちでしょうか。祥伝社のホームページから書評をお送りいただけたら、ありがたく存じます。今後の企画の参考にさせていただきます。また、次ページの原稿用紙を切り取り、左記編集部まで郵送していただいても結構です。

お寄せいただいた「100字書評」は、ご了解のうえ新聞・雑誌などを通じて紹介させていただくこともあります。採用の場合は、特製図書カードを差しあげます。

なお、ご記入いただいたお名前、ご住所、ご連絡先等は、書評紹介の事前了解、謝礼のお届け以外の目的で利用することはありません。また、それらの情報を6カ月を超えて保管することもありません。

〒101-8701（お手紙は郵便番号だけで届きます）
祥伝社　書籍編集部　編集長　萩原貞臣
電話03（3265）1084
祥伝社ブックレビュー　http://www.shodensha.co.jp/bookreview/

◎本書の購買動機

＿＿＿＿新聞の広告を見て	＿＿＿＿誌の広告を見て	＿＿＿＿新聞の書評を見て	＿＿＿＿誌の書評を見て	書店で見かけて	知人のすすめで

◎今後、新刊情報等のメール配信を　　希望する　・　しない

（配信を希望される方は下欄にアドレスをご記入ください）

@

100字書評

ふたりのせかいりょこう

住所

名前

年齢

職業

ふたりのせかいりょこう
東日本大震災から6年――姉妹人形の奇跡

平成29年3月10日　初版第1刷発行

著　者　佐《さ》藤《とう》美《み》香《か》

発行者　辻　浩　明

発行所　祥《しょう》伝《でん》社《しゃ》

〒101-8701
東京都千代田区神田神保町3-3
☎03(3265)2081(販売部)
☎03(3265)1084(編集部)
☎03(3265)3622(業務部)

印　刷　萩原印刷

製　本　ナショナル製本

ISBN978-4-396-61595-6　C0095　Printed in Japan
祥伝社のホームページ・http://www.shodensha.co.jp/